Katze liebt **Frau** liebt **Katze**

Katze liebt Frau liebt Katze

Literarische Streicheleinheiten
aufgelesen
von Ruth Rybarski

Residenz Verlag

für Toffee, Fudge und Lucy

in Erinnerung an Mischief und Medley

in Gedanken an alle Menschen, die nicht nur Katzen, sondern alle Lebewesen achten und respektieren

Bibliografische Information der Deutschen Bibliothek
Die Deutsche Bibliothek verzeichnet diese Publikation in der Deutschen Nationalbibliografie; detaillierte bibliografische Daten sind im Internet über http://dnb.d-nb.de abrufbar.

www.residenzverlag.at

Projektleitung: Sonja Franzke, vielseitig.co.at
Korrektorat: Gabor Karsay, textpruefer.at
Umschlag-Illustration: Yoko Schmidt, yoko.schmidt@gmx.net
Umschlag- und Typografische Gestaltung: Silvia Wahrstätter, buchgestaltung.at
Gesamtherstellung: CPI Moravia

ISBN 978 3 7017 1570 1

Inhalt

Ruth Rybarski

Vorwort

Dass jede Katze die schönste, klügste und beste der Welt ist, dürfte längst Allgemeinwissen sein. Dass Katzen die *literarischsten* Tiere der Welt sind, ist ebenfalls nicht unbekannt – diese Anthologie ist ein überzeugender Beweis.

Und auch dass sie als einfühlsame Trostspender, schnurrende Wärmeflaschen und einfallsreiche Spaßmacher reüssieren, ist ein Gemeinplatz. Zeit also, ihre anderen Talente und Charakteristika zu würdigen, die vielleicht nur – weibliche – Insider kennen: ihr oft von recht patriarchalischen Prinzipien geprägtes Verhältnis zu weiblichen Lebensmenschen und ihre dennoch herausragende Begabung in Haushalts-Belangen.

Tatsächlich ist die Bandbreite der felinen Talente frappierend. Katzen brillieren als verlässliche Haushaltshilfen, umsichtige Entspannungstrainer, geschmackssichere Einrichtungsberater und natürlich als Musen für jeglichen Kreativbereich. Sogar feministische Diskurse über tradierte Geschlechterrollen und deren Überwindung wurden durch Partnerschaften mit schnurrenden

Lebensgefährten schon evoziert, basierend auf divergierenden weltanschaulichen Positionen – nicht etwa denen zwischen Mann und Frau, sondern denen zwischen Tier und Mensch.

Auch wenn es nicht jede(r) gerne hört: Egal ob Gender-Debatten, weibliche Selbstverwirklichung und Berufstätigkeit – Katzen sind konservativ. Kaum eine, die sich über die Berufstätigkeit der Frau, die mit ihr in einem Haushalt wohnen darf, begeistert. Dass ihre menschliche Lebensgefährtin für geregelte Finanzen sorgt, finden sie zwar in Ordnung; dass sie dazu das Haus verlassen muss, hingegen schlicht skandalös. Sogar dann, wenn das hart verdiente Einkommen in Futterdosen, Katzensand, Spielzeugmäuse, tierärztliche Betreuung, einschlägige Ratgeber, Kratzbäume, Schmusedecken, Rascheltunnel, Transportkörbe, Flohkämme, Fellbürsten, Schlafhöhlen, Katzensitter und Weiterbildungsseminare in fachgerechter Tiermassage fließt.

Wenn die hauseigene Zweibeinerin zudem auch noch zwischenmenschliche Kontakte mit anderen Zweibeinern pflegt, hat dies mit den pelzigen Vertretern eines strikten Monotheismus („Du darfst nur einen Gott anbeten, und der bin ich.“) schon manchen Konflikt provoziert.

Dankbar goutiert werden hingegen Häuslichkeit, Treue und Verlässlichkeit. In diesem Fall sorgen sie sich rührend um das Wohlergehen ihrer menschlichen Lebensgefährtin und schützen sie aufmerksam vor Überlastung durch Küchenarbeit, Bügelwäsche oder auch schriftstellerische Tätigkeiten.

Hatte hier einst die Schreibmaschine nur Möglichkeiten geboten, die eigene Reaktionsgeschwindigkeit und die Geduld der gerade Schreibenden zu testen, dient nun der Computer als perfektes artgerechtes Wellnessgerät und – im wahrsten Sinn des Wortes – Abschaltprogramm.

Im geschlossenen Zustand profiliert sich ein Laptop als ideales Ruhekissen, im geöffneten Zustand wird das bequeme Hinlagern auf die Tastatur durch originelle visuelle Reize – abstürzende Programme, sich schließende Fenster, tanzende Buchstaben –attraktiviert.

Selbstlos wird von der Katze des Hauses dabei auch an die Laptop-Benutzerin gedacht: Ein beherzter Tatzentastendruck auf den Ausschaltknopf eliminiert blitzartig Stressfaktoren wie knifflige Texte, lästigen Mailverkehr und komplexe Installationen und lenkt Gedanken und Gefühle des Mitmenschen garantiert in völlig neue Bahnen.

Unbestritten hilfreich sind sanftpfötige Lebensgefährten auch in der Haushaltsführung. Geschirr auf Küchentheken und Essensreste werden nachhaltig entsorgt, Blumenarrangements zu künstlerischen Interventionen fragmentiert, frisch Gebügeltes erlebt eine avantgardistische Metamorphose und Altpapier wird nach interessanten Kriterien umsortiert.

Als Wohnraumgestalter beweisen Katzen Stilsicherheit und Praxisnähe. Winters wird auf weicher Polsterung der Heizkörperabdeckung insistiert. Der so entstandene Wärmestau drosselt zwar die Zimmertemperatur, ermöglicht aber die thermische Optimierung dieses saisonalen Liegeplatzes. Massenwaren aus schwedischen Möbelhäusern ziehen Katzen hochpreisige ökologische Vollholzmöbel vor, so die Proportionen mit ihren sportiven Ansprüchen harmonieren: Wie hoch muss der Kirschholz-Schrank sein, um von ihm den Absprung auf die Gardinenstange zu meistern?

Nicht nur zu Designerstücken, auch zur Literatur hegen Katzen eine besondere Affinität. Sie beruht nicht allein darauf, dass sie von Dichtern gerne verewigt werden und wurden. Aufgeklappte Bücher sind ideale Rekreationsplätze. Und sind die Druckwerke in den Regalen optimal geschlichtet, lässt es sich bequem hinter ihnen schlafen.

Wie man unschwer errät, sind all diese Wahrheiten aus dem eigenen Leben gegriffen, vieles kann mein eigener Freundeskreis bestätigen, der sich vor einigen Jahren große Sorgen um mich machte.

Nachdem sich mein Lebenspartner Medley – von der Hausverwalterin nicht einmal ironisch „Hauptmieter" tituliert – und seine Schwester Mischief in hohem Katzenalter von mir verabschiedet hatten, entwickelte ich eine Zeit lang singletypisch-eigenwillige Attitüden.

Mehrfach hatte ich mich dabei ertappt, nach Einbruch der Dunkelheit abgelegene Trafiken aufzusuchen, um heimlich billige und bunt illustrierte Hefte zu erstehen, die ich tarnungshalber in großformatige deutsche Wochenzeitungen wickelte. Es häuften sich auch meine Besuche in einschlägigen Supermärkten, in denen ich verträumt vor den Regalen mit fantasieanregenden Waren stand. Auch Videos hatte ich mir bei geschlossenen Gardinen genehmigt, Gleichgesinnte in Chatrooms getroffen und das www nach speziellen Seiten, Fotostrecken und Kontaktanzeigen durchforstet.

Als selbst meine Lebensberaterin, mein Psychocoach und mein praktischer Arzt mir nicht mehr helfen konnten, traten plötzlich zwei Zufallsbekanntschaften in mein Leben, mit allem, was Frau so braucht: gute Herkunft, ausgesuchte Manieren, üppige Aussteuer und Idealfigur.

Bereits einen Tag nachdem wir einander kennengelernt hatten, zogen Toffee und Fudge bei mir ein; Katzenkorb, Futternapf und Wasserschüsseln inklusive. Da sich kurz nach diesem Familienzuwachs auch noch eine reifere Dame bei mir einquartierte, war dann auch die Quote perfekt: die Ménage-à-trois wuchs zur WG. Täglich werde ich nun nicht nur von einer Muse auf die Nase geküsst, sondern von zwei weiteren geweckt.

Und so danke ich Lucy, Toffee und Fudge für die täglich neuen Inspirationen und Überraschungen. Ich, Feministin, gestatte es ihnen sogar, auf meinen Lebenswandel zu achten (nie zu spät nach Hause kommen, nie auswärts nächtigen). Und ich danke auch meiner immer wieder von Neuem inspirierenden und insistierenden Lektorin und Hundeliebhaberin Sonja Franzke für ihre Katzenfreundschaft.

Und vor allem danke ich allen Autorinnen – möge diese Katzenliebe ansteckend sein.

Ingrid Noll

Alles für die Katz

Wenn ich früh am Tag – noch im Morgenrock – unsere Zeitung aus dem Briefkasten hole, treffe ich oft einen gut genährten Stubentiger.

„Guten Morgen, Katzmarek", begrüße ich ihn. Seinen wahren Namen kenne ich nicht.

Anscheinend hat er schon auf mich gewartet, denn er stellt sich sofort in Positur. Mit sanftem Druck streiche ich mit Zeige- und Mittelfinger sein Rückgrat hinunter, mindestens dreimal vom Nacken bis zur Schwanzwurzel. Wenn Katzmareks Wollust hiermit befriedigt ist, führt er mir vor, wie man unseren Fliederbaum in einen Zottelbär verwandeln kann. Er bearbeitet einen dicken, schrägen Ast so ausgiebig, bis sich Baststreifen ablösen. Nach dieser Vorführung verabschieden wir uns, und jeder geht seines Weges.

Im Laufe meines langen Lebens lernte ich viele Katzen kennen. Die erste hieß Minne-Minne und war ein roter Wildfang. Meine Schwestern und ich haben Minne-Minne zwar nicht direkt gequält – das hätten unsere Eltern nie zugelassen –, doch leider wie eine lebendige Puppe behandelt. Zum Beispiel feierten wir ihren Geburtstag mit einem Kuchen aus Sand und Zahnpasta, bekränzten sie mit Gänseblümchen, spielten Friseur und kürzten ihre Barthaare oder tauften sie mit Regenwasser. Es ist erstaunlich, dass sie trotz aller ungestümen Liebkosungen oder gar Demütigungen unsere Nähe suchte. Minne-Minne ließ es sich sogar gefallen, dass wir ihr Kleider anzogen, sprang dann allerdings schnell aus dem Puppenwagen und kletterte auf einen Baum. Wie ein Zirkusäffchen blieb sie in rotem Rock und Häubchen dort oben hocken, bis es uns zu langweilig wurde. Was aus Minne-Minne geworden ist, kann ich nicht mehr sagen. Irgendwann verschwand sie von der Bildfläche.

Das Aussitzen eines Problems – wie es auch Politiker zuweilen tun, habe ich noch Jahrzehnte später bei vielen Katzen beobachtet. Wenn unser Hund eine Katze aus dem Garten jagen wollte, saßen die Dachhasen im Nu auf einem hohen Ast, darunter der ungeduldige Hund. Aus luftiger Höhe wurde miaut, tiefer unten gejault. Im Allgemeinen gab der Hund als Erster auf.

Vor allem unser Mischling Jacobowsky hielt es für seine Pflicht, Eindringlinge aus seinem Terrain zu verscheuchen. Mitunter glückte das recht schnell. Doch wenn ein wehrhafter Kater einfach stehen blieb, die Krallen ausfuhr und fauchte, traute sich Jacobowsky keinen Zentimeter näher heran und versuchte erfolglos, den Störenfried durch Kläffen in die Flucht zu schlagen.

Im Inneren aber war besagter Jacobowsky, ein hochbeiniger Halbdackel, trotz seines Namens eine Hündin mit mütterlichen Instinkten. An einem warmen Sommerabend wurde bei uns gegrillt, der Geruch von gebratenem Fleisch lockte ein winziges Kätzchen aus der näheren Umgebung heran. Das kleine Ding war noch so jung, dass es nichts von der uralten Feindschaft zwischen Hund und Katz ahnen konnte. Furchtlos, neugierig näherte es sich unserem Jacobowsky, der ein wenig ratlos und verlegen reagierte. Einen solchen Dreikäsehoch konnte er beim besten Willen nicht unter lautem Gekläff davonjagen.

Aus dieser ersten Begegnung entwickelte sich eine rührende Tierfreundschaft. Jacobowsky pflegte sein adoptiertes Baby immer wieder gründlich abzuschlecken. Unsere Kinder nannten das Kätzchen *Tamerlan*, und seit sie den Zeichentrickfilm *Aristocats* kannten, war klar, dass Katzen viel Musik brauchen. Also sangen wir ein Lied, dessen Text von Tucholsky stammt:

Tamerlan war Herzog der Kirgisen,
Und jeder Mensch in Asien wusste, wo er war.
Tamerlan ritt über grüne Wiesen
Und wo der Junge einmal hintrat, wuchs kein Gras …

Unser Kirgisenherzog schien dieses Lied zu lieben. Im Gegensatz zu seinem Namensgeber war er feinsinnig – und nicht mehr heimatlos. Die Nachbarn, denen Tamerlan ursprünglich gehörte, sahen bald ein, dass es keinen Zweck hatte, seine Anhänglichkeit zu unterbinden. Jacobowsky und Tamerlan lagen einträchtig auf unserem Sofa, teilten sich Katzen- oder Hundefutter und vergnügten sich in unserem und anderen Gärten. Nach etwa einem Jahr wurde Tamerlan überfahren, das traurige Los vieler frei herumlaufender Katzen. Jacobowsky vermisste seinen Augapfel, das Fressen schmeckte ihm nicht mehr. Eine Zeitlang war er untröstlich, benahm sich fortan aber nachsichtiger im Umgang mit streunenden Katzen.

Schon früher hatte ich einträchtiges Zusammenleben von Hund und Katze beobachten können.

Als ich ein Teenager war, schenkte man meinen Eltern zwei kleine Siamkätzchen, unzertrennliche Brüder. Wir nannten sie Mao Zedong und Dschingis Khan, kurz Mao und Dsching. Als die Zwillinge bei uns einzogen, besaßen wir bereits einen Jagdhund, Katzenfeind von Berufs wegen. Es war eine umständliche Prozedur, den Hund an die neuen Familienmitglieder zu gewöhnen. Täglich gab es eine Stunde Unterricht: vom bloßen Anschauen bis zum Beschnüffeln, anfangs mit Maulkorb und Leine. Nach ein paar Wochen waren alle drei gute Freunde. Leider fand diese rundum harmonische Zeit ein trauriges Ende: Der inzwischen stattliche Dsching sollte Vater werden und wurde zu diesem Zweck ausgeliehen. In den frühen 50er Jahren waren reinrassige Siamkatzen mit blauen Augen noch eine Rarität. Nach erfolgreicher Tat brachte man Dsching wieder heim, doch von da an war es um die innige Zuneigung der Brüder geschehen. Sie bissen sich so heftig und ausdauernd, dass wir Dsching weggeben mussten. Mao freundete sich dafür immer enger mit dem Jagdhund an; sie schliefen zusammen in einem Korb, fraßen aus einem Napf wie Jahre später unser Jacobowski und Tamerlan. Als Mao viele Jahre später starb, war die Trauer des Hundes besorgniserregend.

Bei einem Urlaubsaufenthalt in den 90er Jahren lernten mein Mann und ich einen deutschen Schriftsteller kennen, der ganzjährig auf Mallorca lebte. Anfangs hatte seine Frau nur eine einzige Katze gefüttert, die herrenlos und hungrig um ihr Haus strich. Mit der Zeit war die Zahl der Asylanten immer größer geworden. Jeden Abend klopfte mein Kollege mit einem Holzlöffel auf einen Kessel und rief mit lauter Stimme wie im Märchen vom Kleinen Muck: „Kommt alle herbei, gekocht ist der Brei!“, und aus den Büschen, unter parkenden Autos, zwischen Beeten und Müllcontainern huschten die Gäste hervor und fraßen gierig aus den vielen aufgestellten Schüsseln und Näpfen. Mit der Zeit wurden die Katzen zutraulicher und bekamen für Regentage auch ein Quartier angeboten. Unter der Pergola türmten sich bald Schuhkartons, ausrangierte Einkaufstaschen, Pappschachteln, zerlöcherte Körbe und andere ausgepolsterte Schlafgelegenheiten. „Not macht erfinderisch“ – es war ein kunterbuntes Durcheinander wie in einer brasilianischen Favela.

Um die Zahl der Tiere in Grenzen zu halten, fuhr die Frau des Schriftstellers regelmäßig den einen oder anderen Schützling zum Tierarzt und bezahlte die Sterilisation oder Kastration. Ein Fass ohne Boden, denn es kamen immer neue Zuwanderer. Was man auch versuchte – es war alles für die Katz.

Ebenfalls auf Mallorca erfuhren wir mit leichtem

Befremden, wie rassistisch Katzen sein können. Da gab es einen kleinen Kater, der von den anderen nicht an die Futterquelle herangelassen wurde. Der abgemagerte El Negro stellte sich bettelnd bei uns ein und wurde natürlich aufgepäppelt. Er war der einzige völlig Schwarze unter der getigerten und gefleckten Schar; offenbar hatte man in der mallorquinischen Katzenwelt noch nichts vom Ende der Apartheid gehört.

Als meine jüngste Schwester erfuhr, dass sie nicht mehr lange zu leben hatte, wünschte sie sich ein Haustier zum Schmusen; die Wahl fiel auf eine Kartäuserkatze. Es sollte kein junges, verspieltes Tier sein, sondern eines von zurückhaltendem Temperament und mit dem Bedürfnis nach Ruhe und Zärtlichkeit. Der Züchter empfahl eine ältere Mieze, die von ihren Genossen nicht gut gelitten wurde. Bei Einzelhaltung würde sie mit Sicherheit aufblühen.

Diese Kartäuserin war bildschön und hochgradig neurotisch. Die ersten Wochen lebte Mielchen unter einem Schrank und kam nur nachts zum Toilettengang oder Fressen heraus. Von Knuddeln, Kraulen und Streicheln konnte keine Rede sein. Durch die Geduld ihrer Herrin taute sie nach längerer Zeit immer mehr auf, aber Besucher bekamen sie nie zu Gesicht. Manchmal sah ich einen grauen Schatten blitzschnell irgendwo verschwinden, das war alles. Aber meine Schwester hatte mit viel Liebe und Zuwendung ihr Ziel erreicht: die Freundschaft und Gesellschaft eines spinnenden Kätzchens an ihrem Krankenbett.

Meine Schwester starb. Sie lag friedlich im Bett und sah aus, als schliefe sie. Nachdem ich Abschied genommen hatte und die Tote, meinen Schwager und meinen Neffen verlassen wollte, tauchte Mielchen plötzlich auf und setzte sich vor mich auf einen Sessel. Ich redete leise auf sie ein, wollte sie trösten, konnte aber letzten Endes nur schluchzen. Die Katze hörte sehr aufmerksam zu, ließ mich näher kommen, ließ sich hinter den Ohren kraulen und begann sanft zu schnurren. Es schien, als wolle sie sagen: Ich weiß genau, dass etwas sehr Trauriges geschehen ist.

Mein Schwager war fassungslos über die Reaktion der Katze, die sich einer fremden Person bisher noch nie gezeigt hatte, geschweige denn sich von ihr anfassen ließ. Die Antennen dieser kleinen Raubtiere sind wohl sensibler, als es sich unsere Schulweisheit träumen lässt. Und Empfindungen wie Liebe, Eifersucht, Schmerz oder Trauer sind bei ihnen sicherlich ebenso intensiv wie bei uns Menschen.

Kathrin Schmidt

Heisser Brei

Er hatte das Mädchen oft gesehen, wenn er seinen Blick vom Schreibtisch gehoben und über die Straße geschickt hatte, sie stand manchmal vor der Pizzeria und rauchte. Oder sie fegte mit einem Reisigbesen, der aussah, als sei er zurückgeblieben, als das Zigeunerlager in den Himmel zog, das Trottoir, wischte die Kippen mit geübtem Schwung in den Rinnstein und stellte den Besen dann verkehrt herum in einen geschwungenen Blechkübel links neben der Tür. Rechts stand ein ebensolches Gefäß, und auch darin steckte, verkehrt herum, ein Reisigbesen. Er hatte sich manchmal gefragt, warum sie den rechten Besen nie benutzte, hatte es aber auf dem Weg bis zur Gaststube längst vergessen, die Besen zu vergleichen, wenn er sich eine Pizza oder eine kühle Cola holen ging. Drinnen stand das Mädchen hinter dem Tresen, ließ Bier in Tulpen aufschäumen und spülte die Gläser. Sie war nicht ganz schlank, Fettröllchen schwappten über den Rand ihrer Hüftjeans – bis zum Pullover blieben an die zehn tolle Zentimeter frei, die er jedes Mal mit großen Augen nach seinem inzwischen alten Bekannten, einem großen, erhabenen Leberfleck, absuchte. Eine Handbreit unterhalb des Nabels zu Hause, wurde er nur sichtbar, wenn sich das Mädchen nach oben reckte und den Bauch noch ein wenig mehr aus den Jeans rutschen ließ – das Röllchen verschwand für den Moment des Bauchspannens, der Leberfleck grüßte. Dies war jedes Mal ein erhebender Augenblick. Sehnte er sich danach? Die Korrekturarbeit für den kleinen Verlag, der ihn nur schlecht bezahlen konnte, lag erst zur Hälfte bewältigt vor ihm, aber der Hunger schoss so plötzlich ein, dass er den Stift geradezu in die Ecke pfefferte und nach den Schuhen im Flur lief, die Jacke überwarf und den karierten Sherlock-Holmes-Hut aufsetzte. Im Treppenhaus fiel ihm ein, dass sein Geld noch in der gestrigen Hose steckte und vermutlich mit ihr im Wäschekorb gelandet war. Also musste er noch einmal zurück. Als er die Tür erneut abgeschlossen und sich umgedreht hatte, um die Treppe hinunterzulaufen, sah er die Katze. Sie saß auf dem Brett des Treppenhausfensters. Soweit er wusste, gehörte niemandem im Haus ein Tier, und er war stets froh gewesen darüber. Seine Allergie hatte ihm, als er noch in Studentenwohngemeinschaften mit Hund und Katz gelebt hatte, übel mitgespielt. Wieder und wieder hatte er sich zum Arzt geschleppt, mit verquollenen, verkrusteten

Augen und asthmatischen Anfällen, bis endlich einem die erlösende Idee gekommen war. Ein Test hatte bestätigt: Tierhaare und Beifußpollen waren Gift für ihn. Zwar konnte er sich nicht erklären, warum er in seiner Kindheit davon nichts bemerkt hatte, seine Eltern hatten neben den vier Kindern auch ihre Hunde, Meerschweine und Rennmäuse geliebt, aber so war es eben: Kaum war er achtzehn gewesen, hatte es angefangen. Genau erinnerte er sich des ersten Auftretens. Seine Lieblingskatze, er hatte sie Mutschi genannt wie ihre Mutter in einem Dorf bei Anklam, hatte sich irgendetwas Übles eingefangen, apathisch auf dem Teppich gelegen. An Altersschwäche war nicht zu denken gewesen, Mutschi war erst zwei Jahre alt geworden. Also musste ein Tierarzt aufgesucht werden, und natürlich hatte er bereitwillig diese Aufgabe übernommen. Da sie noch nicht lange in der damaligen Wohnung lebten, hatte er die Nachbarn nach einem Veterinär in der Nähe gefragt. Weiland aus dem dritten Stock hatte ihm den Weg gewiesen, nur einmal um den Block und auf die andere Straßenseite. Als er dort stand, hatte er lachen müssen. Der Tierarzt hieß Mutschmann. Ein großer, hagerer, freundlicher Typ mit Nickelbrille und einem schüchtern zu nennenden Lächeln. Zunächst hatte er wissen wollen, wie das Tier heiße. Ein kosendes

„Mutschi“ war an dieser Stelle nicht gefallen, zu bedrohlich hatte ein nicht zu beherrschendes Lachen im Zwerchfell gehockt. Stattdessen war seinem Glucksen „Uschi Weigel“ entschlüpft. Der Tierarzt hatte einen Moment verdattert dreingeschaut, den Namen dann aber gehorsam notiert, wenig später eine Vergiftung diagnostiziert, Uschi Weigel ein Vorderbein rasiert und eine Infusion gelegt. Der Anblick des nackten Vorderbeins, wie es dünn, blaugrau und vernadelt auf weißem Zellstoff gelegen hatte, war womöglich zu viel gewesen, jedenfalls hatte die Allergie an jenem Vormittag ihren unerklärlichen Anfang genommen.

Er versuchte, in größtmöglichem Abstand an dem Tier vorbeizueilen, doch die Katze sprang vom Fensterbrett und ihm geradezu zwischen die Füße, er musste sich am Geländer festhalten, um nicht die Treppe hinabzustürzen. Die Katze schnurrte, reckte den Schwanz und buckelte um seine Waden, wobei sie ihren Kopf an seinen Beinen rieb. Er konnte nicht anders, als in die Knie zu gehen und ihr in die Augen zu schauen. Pummelig und gemütlich kam sie ihm vor, wie sie sich in aller Katzenseelenruhe an ihm schubberte. Er seufzte, als er daran dachte, in welchem Zustand er sich über kurz oder lang wiederfinden würde. Dennoch glitten seine Finger durchs weiche Fell, und tatsächlich fühlte er Katzenspeck. Er setzte die Tigerin zurück aufs Fensterbrett, nahm an, dass jemand aus dem Haus sie sich vor kurzem angeschafft hatte und sie durch eine geöffnete Wohnungstür entkommen war. Unsicher, ob sie dort sitzen bleiben würde, behielt er sie bis zum nächsten Absatz im Auge, aber sie machte weder Anstalten, ihm zu folgen noch sich anderweitig zu trollen.

Draußen war es ungewöhnlich kalt für die Jahreszeit. Er schloss überrascht die Jacke und klappte den Kragen hoch, die Ohrenschützer der Mütze herunter, obwohl er nur die Straße zu überqueren hatte. Heute dachte er daran, die Reisigbesen zu untersuchen. Tatsächlich schien ihm der linke abgenutzter als der rechte zu sein, als ihm aufging, dass es sich mitnichten um Besen, sondern um zum Schmuck aufgestellte Gebinde handelte. Er lächelte, als er die Pizzeria betrat. Sie war leer. Das Mädchen hockte hinter dem Tresen mit einem Buch in der Hand. Lesend hatte er sie noch nie gesehen. Offenbar war sie so vertieft in die Lektüre, dass sie ihn nicht bemerkte. Zunächst unschlüssig, ob er sich räuspern oder laut auftreten sollte, setzte er sich schließlich leise an den nächstgelegenen Tisch. Schaute sie an. Sie kam ihm auf eine merkwürdige Weise, die nichts mit seiner tatsächlichen flüchtigen Kenntnis ihrer Person zu tun hatte, bekannt vor.

So, als wüssten seine Finger, wie sie sich anfühlte, ihre mundwarme Haut. Verstohlen und verwundert blickte er auf seine Hände hinab und drehte sie, als gehörten sie mit ihren augenscheinlichen Erinnerungen nicht zu ihm. In diesem Moment bemerkte sie ihn, hatte die Bewegung möglicherweise aus den Augenwinkeln wahrgenommen, und legte ruhig und, wie ihm schien, auf entschlossene Weise das Buch auf ein Regal über dem Tresen. Sie straffte sich, hatte offenbar Mühe, in die Realität einer durchschnittlichen Pizzeria in einer durchschnittlichen deutschen Stadt zurückzukehren.

Ein Pils?

Nein, nach Bier war ihm nicht gerade. Auch der Hunger schien abhandengekommen. Was wollte er hier? Das Mädchen musterte ihn mit fragendem Blick. Seine Hände hielt es vor der Brust gefaltet und wartete ab, aber kein Wort fiel. Stattdessen hörte er auf einmal das Tropfen des Wasserhahns über dem Spülbecken, die leise dudelnde Musik aus dem CD-Player und seinen eigenen Herzschlag, für den er sich auf der Stelle schämte. Röte fühlte er auf seinem Gesicht, seinem Hals. Zum Glück war der Kragen unverändert hochgeschlossen, nicht einmal die Mütze hatte er abgenommen. Mit beschwichtigender Geste ging er daran, rückwärts aus dem Lokal zu verschwinden. Draußen atmete er erst einmal tief durch und machte sich auf zu einem langen Spaziergang, der ihn über die Kämerbrücke und den Domplatz bis zur Mittelstraße führte, wo er früher einmal gewohnt und wo es Katzen zuhauf gegeben hatte. Daran erinnerte er sich, als er vor dem Haus mit der Nummer 9 stand, seinem Haus. Schimmel war vormals über die Parterrewände gekrochen, auch von außen auf den schmutziggrauen Mauern gut sichtbar. Heute stand das Gebäude mit terracottafarbener Fassade und an den Wohnzimmern über ein haushohes Stahlgestell angebrachten Balkonen in der Dämmerung. Die Makellosigkeit hielt ihn glücklicherweise davon ab, hineingehen zu wollen, was nicht gelungen wäre, ohne bei einem der Bewohner zu klingeln und um Einlass zu bitten. In alten Zeiten waren die Katzen durch die ständig offen stehende Haustür gehuscht, einmal hatte sogar eine von ihnen entbunden in einem unter der Treppe für die Kleidersammlung abgestellten Karton mit Mänteln und Anoraks. Er musste husten, vermutete die ersten Anzeichen des allergenen Schubes, wandte sich ab und lief weiter.

Wie er nach Hause gekommen war, wusste er später nicht. Seine Sinne setzten erst wieder ein, als er im Treppenhaus die Katze auf dem Fensterbrett sah, die dort hockte, als seien nicht zwei oder drei Stunden vergangen. Sie blinzelte apathisch, was ihn verwunderte, denn er hatte Katzen als Tiere in Erinnerung, die auf ein Anschalten der Beleuchtung schreckhaft reagierten. Vielleicht war sie blind? Etwas wie Mitleid kam auf, das sich auch nicht legte, als sie ihn, während er die Treppe weiter hinaufstieg und sie zu Prüfzwecken im Auge behielt, träge mit Blicken verfolgte. Abwesend, wie ihm schien.

Als er später vor dem Fernseher saß, wunderte er sich beiläufig darüber, dass der Schub ausblieb. Keine verquollenen Augen, kein Tränen- und Schnupfenfluss, kein andauerndes Niesen. Dabei hätte ihm das an diesem Tage geradezu gepasst, hätte er sich doch guten Gewissens ins Bett legen und die Arbeit Arbeit sein lassen können … Seufzend erhob er sich nach den Nachrichten und schlurfte zum Schreibtisch hinüber. Eigentlich interessierte ihn der Essay über Pier Paolo Pasolini, er hatte sich sogar eine DVD-Box gekauft und die darin enthaltenen Filme mit angehaltenem Atem angeschaut. Seine Gedanken aber drifteten, er hatte Schwierigkeiten, sich jetzt auf Pasolini einzulassen, und das hätte er tun müssen, um seinen eigenen Ansprüchen ans Korrekturlesen zu entsprechen. Ihm fiel plötzlich ein, dass er in einem Monat vierzig Jahre alt werden würde, und ebenso plötzlich kam ihm die Idee, Freunde und Verwandte in die gegenüberliegende Pizzeria einzuladen, wo man sicher froh wäre über eine große Gesellschaft für einen Abend … Sein Atem stockte merkwürdigerweise, als er hinüberschaute: Das Mädchen stand im Schatten des linken Kübels und rauchte, und wie sie hinaufschaute zum Himmel, glaubte er im Licht der Straßenlaterne in Katzenaugen zu sehen. Und entstieg etwa den knappen Unterhüfthosen ein Schwanz, dessen wedelnder Schatten auf dem Trottoir auszumachen war? Er schloss für einen Moment die Augen.

Am nächsten Morgen lag eine Liste mit mehr als fünfzig einzuladenden Personen neben seinem Bett. Irgendetwas hielt ihn gepackt, brachte eine sich selbstverständlich anfühlende Heiterkeit auf, deren Ursprung, als er ihm nachging, offenbar in seinem Bauch lag. Er musste aufstoßen und nahm überrascht Spuren von Gorgonzola, Walnüssen und Radicchio wahr, mit denen seine Lieblingspizza Gorizia stets reichlich belegt war, die er aber vor drei oder vier Wochen zum letzten Mal gegessen hatte. Sonderbar. Er hatte nichts zu sich genommen, das im Nachklang ausgerechnet an diesen Geschmack erinnern könnte, und ging sich schnell einen Kaffee zapfen am Vollautomaten in der Küche. Mit braunem Rohrzucker schmeckte er ihm am besten, er bediente sich reichlich, kam schließlich mit der Tasse in der Hand zurück zum Schreibtisch und schaute über die Straße. Geschlossene Fensterläden und ein Gitter vor der Tür der Pizzeria. Es war noch früh, er schob die linke Hand in die hintere Hosentasche und trank. Zwischen den kleinen Schlucken hielten ihm seine Zungenknospen noch immer Walnüsse vor wie eine Mahnung, den Geburtstag nicht zu verdrusseln, und so setzte er sich schließlich an den Laptop, um eine Einladung zu entwerfen. Die zweiundfünfzig Anreden wollte er wie die Unterschrift mit der Hand einfügen und so jedem noch ein persönliches Leckerli in Aussicht stellen, aber den Text schrieb er mit rascher Hand herunter. Um das Datum einfügen zu können, würde er die Rücksprache mit der Pizzeria abwarten müssen, und als er beiläufig wieder hinüberschaute, sah er das Mädchen, das sich nach dem unteren Schloss des Gitters bückte. Auf einmal wusste er, woran es ihn erinnerte: Es buckelte den Rücken wie die Katze, die gestern im Treppenhaus gesessen hatte! Als sie sich aufrichtete und umdrehte, schienen ihre Bewegungen denen der Tigerin so ähnlich, dass ihm schwarz wurde vor Augen, und seine Finger erinnerten sich unvermittelt des Katzenspecks. Schließlich schoss auch noch der Impuls, den Mädchenspeck kneten zu wollen, ein, dass er sich setzen musste und ungläubig seine Hände betrachtete. Er fühlte sich großartig, was ihn augenblicklich erschreckte, und er floh den Wirrwarr der Anwandlungen in seine Jackenärmel und Schuhe, die aber offenbar nichts anderes vorhatten, als ihn auf schnellstem Wege in die Pizzeria zu bringen. Auf der Treppe sah er gekonnt am Fenster vorbei. Sein Kopf hatte die Katze zu einem virtuellen Mätzchen degradiert, schließlich war ja auch die Allergie ausgeblieben.

Das Mädchen schien ihn erwartet zu haben. Jedenfalls kam es ihm so vor, als sie im Moment seines Eintretens langsam zu den Tischen trat und begann, die Stühle herunterzunehmen, die sie gestern zum Fegen und Wischen des Gastraums umgekehrt darauf abgesetzt hatte. Ihre Bewegungen waren ungemein geschmeidig, er staunte darüber, weil sie pummelig war. *Wie die Katze in deinem Treppenhaus*, schmierte sein Geist ihm in großen Buchstaben vor die Augen.

Ja, sagte er laut, *du hast recht, und ich habe Hunger.*

Das Mädchen sah ihn mit großer Selbstverständlichkeit an, behielt ihn ein wenig länger im Blick, als schätze sie ab, was er brauche, und ging dann daran, ihm in der Küche zwei Eier in die Pfanne zu hauen.

Aus der Tasche holte sie frisch duftendes Brot, schnitt es auf und richtete die Eier darauf an.

Ich habe so lange auf dich gewartet, sagte sie sanft, *ich wusste nicht, dass du es bist.*

Er verstand und verstand nicht, aber er legte seine Arme um ihre Hüften und küsste sie. Den ganzen Tag verbrachte er im Gastraum, half ein paar Mal beim Spülen der Gläser. Mehr war nicht drin, denn der Koch verbat sich und ihm das Betreten der Küche. Wenn sie eine Verschnaufpause hatte, stellte er sich mit ihr neben die umgekehrten Reisigbesen und rauchte, ganz gegen seine Prinzipien. Dabei besprachen sie die Feier zu seinem vierzigsten Geburtstag. Er wusste, er war nicht bei sich und doch so sehr er selbst wie noch nie in seinem Leben, woraus er schloss, dass das Nicht-bei-sich-Sein womöglich seine innerste Bestimmung gewesen war. Ruhig schloss das Mädchen am späten Abend die Gittertür, nachdem er die Stühle wiederum auf den Tischen deponiert und sie den Fußboden gewischt hatte.

Sie trug eine große Tasche bei sich, mit der sie am Morgen nicht gekommen war, die sie aber für diesen Tag in ihrem Spind gelagert hatte. Die Tasche enthielt das, was sie mitzunehmen gedachte, falls doch einmal etwas geschah, das sie zum Leben brauchte. Er nahm ihr das Gepäck ab, es wog leicht. Gemeinsam gingen sie über die Straße. Im Treppenhaus machte er Licht an. Es schien ihm, als wischte im Moment ihres Eintretens eine grau getigerte Katze zwischen seinen Beinen nach draußen.

Christine Haiden

Katz oder Maus?

Ich schwöre beim Bart des großen Katers Tom: Wir wohnen tatsächlich mit zwei Katzen in einem Haus. Sie heißen Felix und Leni. Sie haben weiches Fell, vier Pfoten und alle Attribute einer mitteleuropäischen Hauskatze. Doch sie zeigen das Verhalten von Mäusen. Man könnte sie für Jerry halten, der ständig vor Tom auf der Hut ist. Kaum hören Felix und Leni einen unbekannten Laut, sind sie weg. Verschwunden. Anfangs war es tatsächlich ein Loch, durch das sie sich jeder Sicht und jedem Zugriff entzogen. Im Verbau rund um meinen Schreibtisch entdeckten sie bald nach ihrer Übersiedlung vom Bauernhof in ihr neues Heim eine kreisrunde Öffnung. Wie suchten wir nach unseren neuen Mitbewohnern! Vergeblich. Erst als ich zwischen Schreibtisch und Heizkörper ein sanftkralliges Streichen über den Boden und ein fast unmerkliches Luftholen hörte, schöpfte ich Verdacht. Ein mit allen nur denkbaren Verrenkungen bewerkstelligter Blick hinter die Kulisse ließ mich zwei rosige Näschen und vier verschreckt blickende Katzenaugen erspähen.

Ob sie wirklich geglaubt haben, wir seien Katzen

und sie die Beute-Mäuse? Ich hatte mir vom ersten Moment unseres Kennenlernens dummerweise angewöhnt, sie nicht nur mit ihrem Namen, sondern, zärtlich gemeint, auch „Mäuschen" zu rufen. Der mit mir engagierte Katzenvater machte mich damals schon auf mögliche schwerwiegende psychische Störungen unserer bärtigen Schnurrwesen aufmerksam. Ich nahm es auf die leichte Schulter. „Pah! Das ist doch liebevoll! Und außerdem verstehen sie uns gar nicht." Ich Unwissende!

Leni, schwarz getigert und etwas dickbäuchig, und Felix, ein Ideal von einem rot getigerten Fernsehwerbungskater, verließen dann doch immer öfter ihre Schreibtischhöhle und fassten langsam Zutrauen. Wie Mäuse, die durch hundert Erfahrungen lernen, dass der Kater keine Zähne mehr hat. Bis eines Tages die neue Putzfrau erschien. Was heißt erschien! Sie stand erst im Windfang des Hauses, als schlagartig beide Katzen wie vom Erdboden verschluckt waren. Felix fanden wir im Keller. Hinter dem Bücherregal. Das ließen wir durchgehen. Ein Kater, der bei Büchern Zuflucht sucht, das quittierten wir mit einem zustimmenden Nicken. Aber wo war Leni? Als die Putzfrau nach Stunden wieder ging, hörten wir in der Küche ein Scharren von Katzenpfoten auf dem Fliesenboden. Was bot sich unserem Blick? Leni, die sich aus einem uns bisher verborgen gebliebenen Spalt unter der Spüle hervorplagte. Ein Rückfall in alte Ängste? Bis der Umfang ihres Bäuchleins ein geschmeidiges Verschwinden unmöglich machte, frequentierte unsere Katzendame einmal die Woche ihr seltsames Versteck. Seither sitzt auch sie im Keller hinter Max Frisch und Ingeborg Bachmann und hofft auf den Abwehrzauber bedruckten Papiers.

Am spurlosen Verschwinden der Katzen, kaum dass eine hausfremde Person ihren Fuß in die Wohnung setzt, hat sich nichts verändert. Selbst wirklich gute Freunde, die uns öfter beehren, haben bisher nicht mehr als das Hinterteil unserer Lieblinge gesehen. Ab und zu gelingt es Felix und Leni nicht, rechtzeitig in den Keller abzuhauen. Sie verstecken sich aber sofort hinter dem Sofa im Zimmer. Manchmal halten sie erstaunlich lange durch, ohne durch das geringste Geräusch ihre Präsenz zu verraten. Offenbar warten sie wie Jerry, wenn Tom ihm auf den Fersen ist, nur den günstigsten Moment für die Flucht ab. Der kommt auch. Sobald sie eine Tür offen wähnen, flitzen sie hinter dem Sitzmöbel hervor. Felix meist voran, Leni hinten nach. Zuerst der Mauer entlang, geduckt, und dann mit Karacho in die Kurve, so schnell, dass die Pfoten auf dem Parkettboden durchdrehen wie Michael Schumachers

Bolide mit 300 km/h in einer Haarnadelkurve bei Regen. „Das rot-weiße Hinterteil, das ihr gerade noch gesehen habt, das ist unser Felix“, sagen wir dann dem erstaunten Besuch, „und die kleinere schwarz-weiße Rückenansicht gehört zu Leni.“ Und dann lachen wir etwas verlegen. Wie peinlich! Sogar Katzenliebhaber, die es unter den Besuchern auch gibt, werden von unseren beiden Lieblingen ignoriert, ja gemieden. Wie lange wird das die Freundschaft aushalten? Felix und Leni sind konsequent. Sie rennen um ihr Leben. Da nützt kein Gurren, kein Locken, kein noch so leises Anschleichen: Fremd ist fremd, und fremd ist, so interpretieren wir aufs Geratewohl und auch, um irgendeine Erklärung zu haben, Kater. Und weil sie selbst sich für Mäuse halten, gibt’s nur eines: Nichts wie weg. Kann aber auch sein, dass wir falsch liegen. Wir haben bisher aus Scham vermieden, einen Tierpsychologen zu konsultieren. Wächst sich schon aus, reden wir einander gut zu.

Natürlich geht es auch um unsere eigene Glaubwürdigkeit. Wer weiß, ob man nicht uns für seltsam hält, wenn nicht gar für einen Fall, der psychiatrischer Observanz bedarf? Reden da dauernd von ihren Katzen, und keiner sieht sie! Fortgeschrittener halluzinogener Wahn? Wir schwören: Wenn wir allein im Haus sind, haben die beiden nichts Eiligeres zu tun, als den besten Platz auf unserem Schoß zu suchen. Wo wir sind, sind auch sie. Wirklich. Die kleinen roten, weißen und schwarzen Haare auf allen Hosen, Blusen, Röcken, Pullovern und Sakkos sind unsere Beweisstücke. Und die Fressnäpfe, die wir, ehrlich, nicht als Attrappen aufgestellt haben. Und die Katzenklappe in der Tür, die uns ein kleines Vermögen gekostet hat – doch nicht, um Katzen nur vorzutäuschen. Bitte, glauben Sie uns!

Natürlich würden wir die beiden gelegentlich gerne vorführen. Und wir können uns nun gut vorstellen, wie es Eltern gehen muss, die ihren Nachwuchs stolz den Besuchern präsentieren wollen. Doch der Nachwuchs pfeift auf das Bemühen seiner Ernährer. Rührt sich einfach nicht aus dem Zimmer und katapultiert alle Erzählungen, die jene von ihm verbreiten, ins Reich der Märchen.

Um unsere Glaubwürdigkeit zu erhöhen, überlegen wir nun bei den großen Tierparks Anleihe zu nehmen. Wir denken an ein Foto im Eingangsbereich unseres Hauses, das unseren liebeshungrigen Felix und unsere schöne Leni zeigt, dazu Alter, Gewicht, bevorzugte Nahrung und Lebensraum. Und die Bemerkung, dass sie scheu sind und sich nur selten zeigen. Nein, dass sie sich für Mäuse halten, sagen wir nicht. Für besonders geduldige Besucher werden wir im Stiegenhaus einen Stuhl platzieren, wo sie warten können, bis eine der beiden Katzen Richtung Futternapf anschleicht. Nur, was sie in diesem unwahrscheinlichen Fall als Nächstes tun sollen, wissen wir noch nicht. Denkbar ist, dass wir willige Besucherinnen und Besucher einige Quietschlaute aus der Mäusesprache lehren. Wenn Felix und Leni sie dann als ihresgleichen akzeptieren, wäre zumindest die These erhärtet, dass mein Kosename „Mäuschen" für zwei solide Bauernhofkatzen ein echter Fehlgriff war.

Luisa Francia

Die Zauberin

Ich war gerade eingeschlafen. Es war ein langer, heißer, anstrengender Tag gewesen. Ich war mit dem Buschtaxi von Lomé nach Ouidah gefahren, hatte an der Grenze ungefähr sechs Stunden gewartet, wurde von Moskitos gestochen und jetzt war ich gerade eingeschlafen. Etwas sprang auf mein Bett und legte sich in meine Kniekehle. Aah. Meine Katze Tiga. Ein wohliges heimatliches Gefühl breitete sich in mir aus. Erst als ich morgens aufwachte, wusste ich, dass Tiga es nicht gewesen sein konnte, ich war in Afrika und sie war zuhause. Oder war sie es doch?

Sie war aus eigenem Willen zu uns gekommen. Eines Tages stand sie da, ein Herbstkatzl, wie man bei uns auf dem Land zu den schwächlichen, im Herbst geborenen und meistens nicht sehr lebensfähigen Katzen sagt – klein, struppig, pechschwarz. Wir nannten sie Tiga. Sie hatte durchaus etwas Majestätisches, sie hatte wohl auch ein paar Gene von einer Siamkatze. Mein Freund sagte, sie sehe aus, als hätte ihr jemand einen Faustschlag auf die Nase verpasst. Ich beschützte sie vor seinen Blicken. Von Anfang an machte sie, wie das vermutlich alle Katzen tun, klar, wer das Sagen hat. Sie mochte es nicht, wenn ich mit dem Staubsauger durch die Wohnung fuhr. Zum Glück mochte ich das auch nicht besonders. Die Katze, der Staubsauger und ich gingen deshalb eine Abmachung ein: alle zwei Monate genügt. Dann schlich Tiga fort und ich spielte mit dem Staubsauger, der aufgrund dieser pfleglichen Behandlung bis heute noch gelegentlich durch die Wohnung schnurrt. Tigas Lieblingsplatz war auch meiner – doch sie gewann das Rennen um diesen Platz auf dem Sofa mit Blick über den schönen alten Obstgarten und den Berg hinter dem Haus. Hatte sie den Platz eingenommen, würdigte sie mich keines Blickes mehr. Sie putzte sich ein bisschen und rollte sich ein. Es gab in dieser Hausgemeinschaft noch eine zweite Katze, die hieß Luxa und ihre Lieblingsbeschäftigung war es, auf dem Steg im See zu liegen und eine Tatze ins Wasser hängen zu lassen. Kam ein Fischlein zu nahe, schlug sie es mit ihren Krallen aus dem Wasser heraus. Luxa ging auch im Winter mit den Kindern Schlitten fahren. Das wäre Tiga allerdings im Traum nicht eingefallen. Proletarische Vergnügungen waren nicht ihr Ding. Sie strich vielleicht durch den Obstgarten und blieb vor der Skulptur stehen, die ein früherer Bewohner des Hauses dort hingestellt und vergessen hatte. Oder sie stieg hinauf aufs Hausdach, vermutlich weil dort der Ausblick so hinreißend schön war.

Nachts wartete sie, bis ich aufgehört hatte, mich hin und her zu wälzen, umzudrehen, wieder aufzustehen und Wasser zu holen. Wenn ich am Einschlafen war, sprang sie mit einem eleganten Satz auf mein Hochbett und legte sich in meine Kniekehle. Falls ich auf dem Rücken lag, einen Arm über den Augen, stellte sie sich auf meinen Bauch und wartete, bis ich mich umdrehte. Vorwurfsvoll. Wie lange muss ich jetzt eigentlich noch warten!

Dann kam sie eines Nachts nicht von ihren Streifzügen zurück. Wir riefen sie, wir lockten sie. Wir schüttelten eine Schachtel mit Brekkies. Keine Reaktion. Alle Katzen der Nachbarschaft kamen an, um Brekkies zu fressen. Tiga kam nicht. Am zweiten Tag weinte ich mir fast die Augen aus. Meine kleine Tiga! Am dritten Abend schlich sie herein. Ihr Ohr war angebissen, das Fell verklebt. Sie ließ sich nicht berühren, sie wollte kein Mitgefühl. Sie fraß nicht. Irgendwann gab ich die Bemühungen, sie zu bemuttern, auf und legte mich ins Bett. Sie sprang in meine Kniekehle und rollte sich mit einem Seufzer ein. Wir sprachen nie über ihren Ausflug, aber mir war klar, dass sie eine tolle Zeit gehabt hatte. Manchmal saß sie auf der Balkonbrüstung und schaute hinüber in den Wald. Nach ein paar Tagen durfte ich ihr Fell bürsten, sie dehnte und streckte sich unter der Bürste genussvoll, biss mich sanft in die Hand, wenn es ihr zu viel wurde, und trollte sich, wenn sie fand, ich sollte jetzt wieder meiner eigenen Wege gehen.

Sie hasste es, wenn ich Besuch bekam. Die meisten Menschen wussten gar nicht, dass eine Katze bei mir lebte. Sie ließ sich einfach nicht blicken und kam erst, wenn alle weg waren. Einmal besuchte mich ein Freund, der eine Katzenhaarallergie hatte. Wir mussten im Garten sitzen, obwohl es regnerisch war. Zu ihm kam sie jedoch – irgendwie heimtückisch – sofort, sprang auf seinen Schoß und schnurrte, während er versuchte, sie wieder loszuwerden. Sie öffnete ein schläfriges Auge und warf mir daraus einen triumphierenden Blick zu. Mistvieh, sagte der Freund. Später kratzte sie mich und sagte: Du hast mich nicht verteidigt.

Eines Nachmittags lagen wir zusammen auf dem Balkon. Wie sie da so genüsslich ausgestreckt auf dem orientalischen Teppich lag, musste ich sie einfach malen. Sie hielt tatsächlich vollkommen still. Ich zeigte ihr das Bild, sie setzte sich auf und schaute es lang an. Dieses

Bild hängt heute noch über meinem Bett und obwohl sie schon über 15 Jahre tot ist, tut es mir immer noch weh, dass sie nicht mehr bei mir ist.

Doch das Ungewöhnlichste an ihr war ihre Fähigkeit, eine Tarotkarte zu ziehen. Wenn ich die Karten auf dem Boden auslegte, saß sie aufrecht neben mir und beobachtete mich, starrte auf die Karten, wartete. Dann sprang sie mit einem Satz in die Karten und schlug mit der Pfote eine heraus. Ich gewöhnte mir an, Entscheidungen mit ihr zusammen zu bearbeiten.

Dann hatte ich einen sehr schweren Verkehrsunfall. Ich lag fünf Wochen im Krankenhaus und als ich nach Hause kam, roch ich widerlich nach all diesen Desinfektionsmitteln. Nachdem sie mich misstrauisch beschnuppert hatte, erkannte sie mich wieder und lag nun tagein, tagaus an meinem zerschmetterten Bein und schnurrte es wieder zusammen. Diese Heilarbeit nahm ihr offenbar die letzte Lebenskraft. Ich merkte es daran, dass Luxa das Rennen um den Lieblingsplatz gewann. Zwar scheuchte ich sie wieder hinaus, doch die Demütigung war zu groß. Tiga zog sich unters Sofa zurück und wurde matt und dünn. Sie fraß nicht mehr, sie kam nicht mehr zu mir. Irgendwann, als sie es nicht mehr schaffte, aus der Katzenkiste herauszusteigen, konnte ich ihr Leiden nicht mehr mitansehen.

Ich fuhr mit ihr und meiner Tochter zur Tierärztin. Die gab ihr eine Spritze und sie starb. Bis heute habe ich ein schlechtes Gewissen. Hätte sie sich nicht doch wieder erholt? Sie war erst elf Jahre alt. Sie war viel draußen im Wald, sagte die Tierärztin. Sie hatte Katzenaids. Sie hätte es nicht geschafft. Ich denke, sie hat ihre ganze Kraft für meine Heilung eingesetzt. Als ich gesund war, wurde sie krank. Wir begruben sie im Garten, ich hob ein tiefes Loch neben dem Rosenstock aus und wir legten alle schönen Steine, die wir hatten, auf Tigas Grab. Eines Nachts träumte ich, dass sie quicklebendig vor mir stand. Dann rollte sie sich ein und legte sich in meine Kniekehle. Dieses Gefühl war derart lebendig und real, dass ich morgens die Steine von ihrem Grab nahm und das Loch aufmachte. Obwohl das Grab unberührt war, lag sie nicht mehr drin.

Silke Hassler

Eine Absage

Liebe Ruth!

Du hast mich gefragt, ob ich für Dein neues Buch einen Beitrag über „Katzen" schreiben würde. Ich habe Dir gesagt, ich würde darüber nachdenken, ob mir dazu überhaupt etwas einfällt, und mich in absehbarer Zeit wieder bei Dir melden.

Ich habe daran gedacht, etwas Soziologisches zum Thema zu verfassen, zum Beispiel, daß meistens von einer „Katz" die Rede ist, wenn Männer über Frauen reden. Aber das ist, entschuldige den Kalauer, echt für die Katz.

Leider muß ich Dir mitteilen, daß es mir nicht gelingen will, etwas über Katzen zu schreiben. Aber etwas anderes – Merkwürdiges – ist passiert.

Es begann eher harmlos: Ich stehe in der Früh auf und habe den Geruch von Katzenfutter in der Nase, was nicht sehr angenehm ist.

Ich gehe zu Billa einkaufen und schaue, welches Trockenfutter in Aktion ist, obwohl ich gar keine Katze habe.

Ich verbringe den Rest des Tages vorm Fernseher, um ja keine Werbung für Katzenstreu, Flohbänder und Zeckenentfernungszangen zu verpassen.

Und nächtens träume ich von Katzen, jeglichen Alters, jeglicher Herkunft und Farbe, vorzugsweise allerdings von stattlichen Katern.

Ich bilde mir ein, daß eine meiner Kindheitskatzen „Herr Oschinsky" hieß, aber vielleicht hatte ich ja auch nur ein flüchtiges Verhältnis mit einem Mann selbigen Namens.

Zusehends merke ich, daß der Flaum an meinem Kinn immer stacheliger wird, die Anzahl von Barthaaren rasant zunimmt, aber das liegt, so hoffe ich noch, an der abnehmenden Zahl von Hormonen um die vierzig, an den sich ankündigenden Wechseljahren, und nicht an Deiner Anfrage.

Ich möchte Dir die weiteren Details meiner Veränderung ersparen und vom jetzigen Zustand berichten: Seit Tagen gehe ich nicht mehr einkaufen, sondern streune durch die Gärten meiner Nachbarn auf der Suche nach Eßbarem.

Ich sehe die Menschen mit völlig anderem Blick, ich verstehe einfach nicht, was sie den ganzen Tag über so antreibt, es würde doch völlig genügen, sich um mich und mein Wohlergehen zu kümmern.

Das Reden habe ich eingestellt. Ich hebe nur noch müde den Kopf, wenn jemand ein Anliegen an mich hat, und schlafe selig weiter. Das hat bereits folgenschwere Auswirkungen auf mein bisheriges doch einigermaßen erfolgreiches Berufsleben.

Liebe Ruth, ich flehe Dich an, entbinde mich von dieser haarigen Aufgabe, sonst muß ich mich demnächst ins Tierheim in Hollabrunn einweisen.

Deine Silke Hassler

Andrea Maria Dusl

Die Katze des Wahnsinns

Es war Juli und es war warm, ich schlenderte die Wiener Gumpendorfer Straße hinunter, war zu früh im heißen Café. Zehn Minuten Sommersonne wollten kaltgeschlagen werden. Aus der Auslage vor den coolen Aquarien lachte Schatten. Im Schattenladen lachte der Marmorboden. Coole Sache, dachte ich mir, zehn Minuten Abkühlung werden dich erfrischen. Aus einer dunklen Nische wieselte ein Beau: Er passt zu ihnen, unser Top-Frosch, er ist bunt, modern, er ist frei. Bin nur wegen des Schattens gekommen, sagte ich. Der Beau lenkte meine Schritte um die rundschultrigen Frösche. Schöne Beinchen haben sie, sagte ich, putzige Ärmchen, lustige Augen. Abrakadabra, sagte der Beau, genau das Richtige, spritzig und doch genügsam, wendig und flink, viele Freischaffende haben die jetzt. Geben Sie mir ein Bestimmungsheft, sagte ich, geben Sie mir die Preisliste, geben Sie mir das ganze Paket, das Tierchen gefällt mir, das werde ich mir kaufen. Nicht jetzt, aber morgen, muss noch auf die Bank. So war das im Frosch-Geschäft, coole Sache, bald würde einer mein sein, ein rundschultriger Buntfrosch. Wie sollte ich mich irren.

Ich kaufe mir einen Frosch, erzählte ich meiner Maman, einen Schwarzkopf-Gelbhaut-Hüpfer, hurtig ist er und agil, modern und genügsam, gerade mein Ding. Geld spielt eine Rolle, aber die Rolle ist klein. Bald, Maman, wird eine flotte Boboamphibie die meinige sein, ein kräftiger Stummelfuß-Asphaltfrosch.

Schnell noch mal ins Internet schaun, dachte ich dann, bisschen nach Tieren surfen, schaun, was es da so alles an Hässlichem gibt, an Durchgeknalltem, an leicht aus der Mode Gekommenem. Tausendmal hatte ich das schon gemacht, tausendmal war nichts passiert, aber diesmal! Ich hatte auf den Link mit den großen Katzen gescrollt. Auf den Link mit den unbezahlbaren Raubkatzen. Unfassbare Summen rollten über meinen Browser. Aber schön waren sie. Schön und elegant, very snobbish und sehr stark. Und dann scrollte ich und scrollte und dann machte es Zing und ich war verloren. Und der Bobofrosch war vergessen.

In der Nähe von Graz wurde sie dann mein. Meine erste Katze. Meine erste eigene große Katze, ein Jaguar. 240 Pferde hatte sie unter der niedrigen Schnauze, einen springenden Chromjaguar als Kimmenkorn, getönte Scheiben und Leder für einen ganzen Londoner Club, wasabifarben. Jade-metallissée-grün war das Stahlfell meiner Katze lackiert, ein XJ6, Baujahr 1990. Jaguars hatte ich bisher immer nur von außen gesehen, von Schnöseln pilotiert, die im foulardkrawattierten Kapitänsjacket zwischen Golfplatz und Chalet tingelten oder sich vom Mützenmann zur Vorstandssitzung bringen ließen, mit der Financial Times bedeckt, im Fond, in einer Tiefe, die sonst nur den Rennwagen vorbehalten ist. So einer war jetzt meiner. Kein Auto, ein Wagen. Eine Limousine, ein Meisterstück. Die Katze des Wahnsinns.

Bist du irre, die Kosten! Nebbich, sage ich. Die paar Achterln mehr, die meine 240 Pferde trinken, habe ich in glorioses Gleiten investiert, aus den beiden Chromrohren links und rechts am Jaguarheck kommen katalysatorgereinigte Edelabgase, der Automotorradundtouringclub nickt und schreibt „sehr brav" ins Pickerlheft. Hat sie nicht Husten, die Katze? Nada, sage ich, die Getriebewanne schwitzt ein bisschen, aber sonst ist die Maschine bester Laune. Sie schnurrt, wenn der Zündschlüssel Funken schlägt, schnurrt, wenn es aus der Volksgarage rauf geht auf die Innenstadtpiste, schnurrt, wenn ich in die Inspirationsmanufaktur fahre, in den Süden, oder ins Funkyhaus. Mein Jaguar schnurrt eigentlich immer, aber wenn ich ein bisschen aufs Pedal steige, unten rechts, neben dem dicken warmen Getriebetunnel, wenn ich dort ein bisschen impressionistisch antupfe, dann grollt er und beginnt zu brüllen, dann schnellt der Jaguar nach vorne, leichtfüßig wie ein Dschungelkater und drückt mich ins Leder. Ich mag das, das tiefe Sitzen in Leder und Nuss, hinter sechs großen Zylindern, das Gleiten über die holprigen Wege, ich mag die kraftvolle Nonchalance, dieses, na wie sag ichs, dieses böse und doch so sanfte Mata-Hari-Gefühl.

Jaguar XJ6 4.0 Liter. Baujahr 1990, wassergekühlter Sechszylinder-Reihenmotor, vorne längs eingebaut, 3980 cm³, 240 PS bei 5250 U/min, max. Drehmoment 369 Nm bei 3600 U/min, Verdichtung 9,5:1, siebenfach gelagerte Kurbelwelle, zwei obenliegende Nockenwellen, kettengetrieben, vier Ventile pro Zylinder, über Tastenstößel benötigt. Elektronische Benzineinspritzung, G-Kat. Hinterradantrieb, automatisches Vierganggetriebe.

Viertürige, fünfsitzige Großkatze, elektrisch verstellbare Sitze und Spiegel, selbsttragende Stahlkarosserie, cw-Wert 0,37, 0–100 km/h in 7 s, Höchstgeschwindigkeit 249 km/h, Verbrauch im Comandantina-Modus 91/90 km.

Julia Franck

Die Schöne aus Siam im kalten Norden

Zehn Jahre alt war ich, als ich ganz allein vom Nord-Ostsee-Kanal im äußersten Norden Deutschlands mit dem Bus nach West-Berlin fuhr, um dort eine alte Freundin unserer Familie zu besuchen. Ich mochte das Reisen sehr, das Abenteuer und auch diese Freundin. Sie war, wie die meisten Freunde meiner Mutter, Anfang der 70er Jahre aus Ost-Berlin geflohen und lebte im Westen der Stadt in einer Altbauwohnung mit stuckreichen Decken, klapprigen Fenstern und Kohleöfen am Kreuzberger Chamisso-Platz. In ihrer Wohnung hing ein süß-säuerlicher Duft, der wohl von dem Gras rührte, das sie in meiner Vorstellung von ihren ausgedehnten Reisen durch Indien mitbrachte, wie auch von den beiden Katzen, Brüderlein und Schwesterlein, die sich in ihrer indisch-berliner Welt gern paarten. Schon als mich die Freundin vom Busbahnhof abholte, erzählte sie mir, dass ihre Katze gerade geworfen habe, und so mussten wir auf Strümpfen und leisen Sohlen durch ihre Wohnung gehen – denn ihre Katze war diesmal besonders scheu. An den Strümpfen hingen Büschel seidiger Haare, an den Pullovern, an den Hosen. Ihre beiden Katzen waren äußerlich gewöhnliche Hauskatzen, doch dieses Mal war ein kleines Wunder geschehen. Unter den schwarzen und gestromerten Katzenkindern fand sich ein weißes. Das leuchtende Fell und ihre blauen Augen stachen aus dem Gewimmel und verrieten nicht nur den Inzest – ihr gemeinsamer und längst vergessener Urgroßvater war ein Siamkater –, sondern auch die ferne exotische Herkunft ihrer Eltern.

Die überaus nervöse Mutter trug das kleine weiße Knäuel im Maul von einem Versteck ins nächste, stets an einen von ihren beiden gewöhnlichen Kindern getrennten Ort. Sie war so beschäftigt mit ihrem weißen Sonderling, dass die Geschwisterkatzen tagein, tagaus nach ihrer Muttern maunzten und in der Säugung zunehmend benachteiligt waren. Blaue Augen, weißes Fell, braune Zeichnung – zierliche Pfoten, ein feines Gesicht, eine grazile Anmut, die später, mit zunehmender Größe noch deutlicher werden sollten. Ich verliebte mich auf der Stelle in das Tier. Sie war erst drei Wochen alt – am Ende meines Besuches würde sie knappe vier Wochen sein. Die Freundin zeigte mir, wie ich sie füttern könnte, mit viel Geduld, Zärtlichkeit und einer Pipette, in der sich Babymilch und später verdünnte Kuhmilch befand. Auch Wärme brauchte sie, weil sie ja noch so klein und weltfremd und ängstlich war. Also nahm ich die Schöne unter meiner Jacke im Bus mit nach Audorf. Für die Reisezeit hatte ich ihr ein Handtuch unter meine Jacke gestopft, aber es machte mir nichts aus, als sie auch meinen Pullover durchnässte.

Zuhause angekommen waren meine Schwestern begeistert. Sie neckten mich, weil ich tagelang bei meinem Baby saß, es fütterte, liebkoste und ihm ein Bett in meinem Bett bereitete – außerhalb schien es mir eindeutig zu kalt. Schon am ersten Tag bemerkte ich, wie sie das Lammfell in meinem Bett nach Zitzen absuchte und bald beharrlich an dem rötlichen Fell saugte, dabei ihre Tatzen in das Fell stemmte, damit etwas süße und warme Milch flösse. Das Fell lag in meinem Bett, weil ich sonst vor Kälte nicht einschlafen konnte. Von nun an lag mein kleines Katzenkind neben mir, saugte und übte ihr erstes wohliges Schnurren, wenn ich sie streichelte und kraulte, ihren Rücken, ihre Kehle, ihren Bauch – von Tag zu Tag wusste ich besser, was ihr gefiel. Wie sie denn heißen solle? Wollten meine Schwestern wissen, aber ich konnte mich nicht entscheiden. Viel wichtiger erschien es mir bald, sie von der mühsamen Fütterungsprozedur mit verdünnter Kuhmilch aus der Pipette nunmehr in winzigen Rationen an feste Nahrung zu gewöhnen. Ich wagte es nicht, ihr als

Erstes ein Stück Leber oder einen Fisch anzubieten, sie war ja noch viel zu klein und hatte noch nie etwas Festes zu sich genommen. Es musste leicht verdaulich sein. Damals gab es keine große Auswahl unter dem käuflichen Katzenfutter. Es erschien mir unermesslich teuer, mein Taschengeld langte für eine Dose pro Woche, für jede weitere Dose würde ich hundert Werbezettel aus dem Supermarkt in den umliegenden Dörfern verteilen müssen. Kaum sahen mich meine Schwestern mit der Dose im Arm, riefen sie glucksend: Kitekat, Kitekat, Kitekat! Ich ließ ihnen ihren Spott und Neid. Nach weiteren Tagen und Wochen war dieser Name nicht mehr zu verändern. Also hieß sie Kitekat. Je größer sie wurde, desto graziler, feiner und schöner erschien sie mir. Da das Futter aus der Dose zu teuer war und nicht mehr reichte, fuhr ich freitags nach der Schule mit dem Rad am Markt vorbei und bat die Fischfrau, mir die Köpfe, Schwänze und Eingeweide zu geben, die sie nicht verkaufen konnte. Nur auf die Gallenblase musste ich achten, denn die konnte alles verderben. Manchmal legte sie mir einen kleinen Fisch dazu, der ihren Kunden nicht schön und frisch genug war. So machte ich mich mit meiner stinkenden Tüte am Lenker auf den Weg nachhause. Dort empfing mich meine Schöne maunzend, strich mir um die Beine und konnte es kaum erwarten, bis ich ihr eine rohe Kleinigkeit aus der Tüte schenkte. Mit bloßen Händen prüfte ich den schlammig-schleimigen Inhalt meiner Tüte auf grobe Gräten und übersehene Gallenblasen, trennte sie aus den sonstigen Organen, betrachtete die feinen Lamellen der Lungen und die unterschiedliche Zeichnung von Flossen und Finnen, legte alles in einen großen Topf, goss Wasser darauf und stellte den Topf auf den Herd. Nach kurzer Zeit köchelte der Sud, ich schüttete Haferflocken dazu, die für Knochen und Fell und Verdauung gut sein sollten, außerdem sorgte die Stärke für eine gewisse Eindickung des Fischkopfragouts während des Erkaltens. Die Augen wurden weiße Kugeln und fielen bisweilen aus ihren Höhlen. Ich füllte das Ragout in drei bis vier Marmeladegläser und hatte das Essen meiner Schönen für die kommende Woche zusammen. Dazu gab es Wasser und an ihren Geburtstagen und sonstigen Festtagen eine frische Leber.

Warum ich das alles erzähle? Nun, weil es wohl in gewisser Weise die Initiation zu Verantwortung und Fürsorge war – und damit zu einem besonderen Liebesweg. Indem ich mein Baby, das bald nur noch eine exotische Schöne auf den Ackern und Koppeln des holsteinischen Flachlands und an den langen Ufern des Kanals war, auf diese Weise hegte und umsorgte, war ihr Gedeih und Schicksal mit meinem untrennbar verbunden. Wenngleich ihre siamesische Herkunft nicht anzweifelbar war, erschien sie mir von der fast schlangenhaften Schönheit der Ägypterinnen. Jede Darstellung der ägyptischen Tempelkatzen auf den Tafeln archäologischer Sammlungen und wie ich sie vor wenigen Jahren erst in Kairo sehen konnte, erinnerte mich an das Profil meiner eleganten, geschmeidigen und wunderschönen Katze. Während ich tagsüber in der Schule war, stromerte sie über die Wiesen, kam ich nachhause und rief aus vollem Halse ihren Namen, dauerte es einige Minuten, bis ich sie mit unfasslichem Tempo durch das Unterholz heranjagen hörte, sie flog mir entgegen – endlich, so empfand ich es, gab es ein Wesen auf der Welt, das mir entgegeneilte, das sich auf meine Rückkehr freute, auf mein Dasein, meine Sorge – und ich gab ihr das Futter und reinigte ihre Katzentoilette, die sie nur im Winter und nachts sehr selten benötigte – da sie weit über die Knicke unserer Koppeln hinaus ein großes Revier hatte. Manchmal brachte sie mir kleine Vögel und Mäuse.

Wenn sie Flöhe hatte, puderte ich sie, doch meine Schwestern waren genervt und meine Mutter schickte mich zum Tierarzt. Die Tierärztin empfahl ein Flohhalsband und wollte sie gern impfen, wie sie alle

Katzen ihrer Kunden gern impfte, wenigstens gegen das Nötigste, Katzenseuche – aber auch regelmäßige Wurmkuren empfahl sie. Meine Mutter erschrak, als sie die Rechnung der Tierärztin las, und sprach sich entschieden gegen sämtliche Impfungen und weiteren Behandlungen aus. Die wolle nur ihr Geld verdienen. Als meine Schöne nach ihren weiten Streifzügen zum ersten Mal schwanger geworden war, wartete ich mit ihr die Zeit ab und half ihr, den geeigneten Ort für ihre Niederkunft zu finden. In dem alten und weitläufige Bauernhaus, in dem wir damals lebten, ein Haus mit Strohdach, Tenne und etwa neun kleinen Zimmerchen und Kämmerlein, gab es für sie nur einen Bezug: mein halbes Kämmerlein in der hintersten Ecke des Hauses. Ihre Kinder wollte sie in meinem Bett kriegen. Weniger weil ich die Mühe des nachfolgenden Reinigens fürchtete, sondern weil ich ihren Babys ein anderes Nest als mein Bett weisen wollte, legte ich ihr das Schaffell, an dem sie nach wie vor gern saugte, in ein Körbchen unter meinen Schreibtisch direkt neben die Heizung. Dort bekam sie ihre ersten Kinder, zwei tote, zwei lebende. Ein knappes Jahr später warf sie ein zweites Mal und es überlebten alle drei. Ich war zwölf und das Leben mit Kitekat gehörte für mich zu den Bezugspunkten meines Alltages, die Fürsorge, das Futter, die Zärtlichkeit, die Freiheit, die wir einander ließen, ihr Eigensinn, all dies ergänzte meine Träumereien und Traurigkeiten, doch eines Tages bemerkte ich ihre Schlappheit. Sie wollte kaum essen, lag auf ihrem Fell in meinem Bett und schlief und nieste. Ihr sonst so kühler Kopf fühlte sich von Tag zu Tag wärmer an, sie trank kaum noch – und schließlich brachte ich sie heimlich zu der Tierärztin. Traurig schüttelte die Tierärztin den Kopf, sie habe Katzenseuche. In seltenen Fällen könnten Tiere diese Krankheit überleben, ich müsse dafür sorgen, dass sie in den kommenden Stunden und Tagen trinkt – denn sie würde sehr wahrscheinlich innerlich austrocknen.

Zuhause saß ich den ganzen Tag neben ihr, versuchte ihr mit der Pipette Wasser einzuflößen, sie wollte und konnte nicht mehr aufstehen, ihr Fell färbte sich gelblich, die Augen wurden immer trüber. In der ersten Nacht stellte ich mir alle halbe Stunde einen Wecker, in der zweiten Nacht konnte und wollte ich vor Angst nicht mehr schlafen, alle zehn Minuten versuchte ich ihr tröpfchenweise Wasser einzuflößen, aber Kitekat miaute mit quälenden Lauten, ihr Maul war so trocken, dass es zusammenzukleben schien. Wenn ich am Rücken ihr Fell anhob, blieb es stehen, so ausgedörrt war mein Tier. Am folgenden Tag weigerte ich mich, in die Schule zu gehen, weil ich doch meine Katze retten wollte. Ich saß mit der Pipette in der Hand stundenlang neben ihr, redete ihr gut zu, sie möge ihr Köpfchen heben, ihr Mäulchen öffnen, sich ihre Zunge benetzen lassen, ich weinte, und flüsterte und beschwor sie; aber sie starb. Von einer Minute auf die andere. Es war mittags, vielleicht ein oder zwei Uhr, sie jaulte, ihr Körper streckte sich und im ersten Moment war ich froh, weil ich inbrünstig auf ein Signal des Lebens gehofft hatte, auf eine Kraft, die in sie zurückkehren sollte – aber es war ihr letztes Strecken.

Ich weinte hemmungslos, ich schluchzte, bis mir der Hals weh tat und ich mich schämte vor meiner Familie, den Schwestern und der Mutter, die wie von Ferne zusahen und denen ich mich plötzlich umso fremder fühlte. Im Norden gibt es kaum Rituale des Todes und der Trauer. Es hängen keine Kreuze an Wegscheiden und auf Gipfeln und am Waldesrand. Kein Toter wird im Sarg von einem langen Zug der trauernden Verwandten und Freunde aus seinem Haus abgeholt und durch das ganze Tal zur Kirche getragen, wie ich es vor wenigen Jahren im Südtiroler Langtaufers beobachten konnte. Nirgends hängen Bilder der Toten, nicht in den warmen Stuben, nicht im Gasthaus und erst recht auf keinem Stein. Kein Gedenken nirgends, der nordische Deutsche trauert allein.

Meine siamesische Schönheit habe ich auf dem roten Lammfell in ihrem Körbchen ruhen lassen, vergeblich versuchte ich ihre ehemals strahlend blauen Augen zu schließen, die nach einer halben Stunde schon festes Gallert zeigten und keinerlei Glanz mehr hatten, habe Schätze gesucht und zu ihr in das Fell gelegt und habe das Fell über ihrem feingliedrigen Körper zugeschlagen. Mit dem Spaten grub ich ein Loch unter meinem Walnussbaum, der noch heute neben dem kleinzimmrigen, strohgedeckten Haus steht. Der Baum war vom Vater meiner älteren Schwester einmal in den 70er Jahren für mich in Ost-Berlin gepflanzt worden, in einem Rahnsdorfer Garten – mein Lebensbaum. Er war mit vielen Formularen und Anträgen samt Wurzeln 1980 dort ausgegraben und in den Westen nach Schleswig-Holstein verschickt worden, wo er feierlich wieder in die Erde gesetzt wurde – wie auch der andere Walnussbaum, der meiner Zwillingsschwester – während der meiner älteren Schwester schon zu groß war, um ihn umzusiedeln – er steht vielleicht noch heute im Osten Berlins im Rahnsdorfer Garten. Da uns das strohgedeckte Haus am Nord-Ostsee-Kanal nicht gehört hatte, sondern nur gemietet war, wohnen heute schon seit vielen vielen Jahren fremde Menschen dort.

Die siamesische Schönheit, die einmal mein kleines Baby war, begrub ich dort unter Tränen – und wurde in den kommenden Monaten nicht mehr froh. So zog ich selbst im folgenden Sommer, kaum dreizehn Jahre alt, aus diesem Haus aus, fort vom Kanal, von meiner Mutter und dem Baum. Der Baum konnte auch ohne mich wachsen und gedeihen, das wusste ich zu gut. Ich hoffe sehr, die heutigen Bewohner des Hauses essen die Nüsse meines Baumes und erweisen meiner siamesischen Schönheit damit alle Ehre, die so ein Kreislauf des Lebens verlangt.

Ruth Klüger

Cats

Dieses Gedicht habe ich vor mehr als einem halben Jahrhundert (1958) an eine Zeitschrift gesandt, die Cats hieß, sich selbstredend mit Katzen und ihren Liebhabern befasste, diese Verse veröffentlichte und mir, wenn ich mich recht erinnere, zu meinem Erstaunen sogar $10 dafür zahlte. Es war meine erste Veröffentlichung, ich hoffte, andere würden bald folgen. Da musste ich aber noch eine ganze Weile warten. Meine damalige Katze hieß Lolita; Nabokovs berühmter Roman war drei Jahre vorher erschienen.

Cats

These are not creatures that the jungle bred.
They sit on our laps and are at ease,
They listen to our radio symphonies,
They move among us tactfully and yet

We who have now for many centuries fed,
Housed them and known so well how they can please
Our half-ironic love for graceful peace,
Are still suspicious of each alley cat.

We think their home is in a weirder place
Among wild parrots and Egyptian gods.
And we will not accept them like our dogs
Because their eyes so unlike a man's.
Their snobbery is but a self-defense
Against a snobbish and self-righteous race.

Das sind nicht Wesen, die vom Dschungel kommen.
Ganz unbefangen setzen sie sich auf den Schoß
Und hören mit uns Radiosymphonien,
Sie haben Takt und Unbefangenheit.

Und doch: wir, die sie schon so lange kennen
Und wissen, wie sie unsre nicht ganz echte Liebe
Für Freund- und Friedlichkeit befriedigen,
Verdächtigen sogar die hergelaufensten von ihnen.

Wir glauben, sie sind anderswo zuhause,
Bei wilden Papageien und Ägyptens Göttern.
Wir akzeptieren sie nicht so wie unsre Hunde,
Weil ihre Augen so unmenschlich sind.
Ihr Hochmut ist nur Selbstverteidigung
Gegen die Selbstgerechten, die wir sind.

Anna Mitgutsch

Wahlverwandtschaften und Todfeindschaften

Ich konnte nie ergründen, wie streunende Katzen ihre Menschen und Häuser auswählen. Eines Tages saß eine bis dahin nie gesehene Katze auf den Hausstufen, wartete an der Tür wie ein Besucher, der zufällig schon da war, als wir nach Hause kamen, unaufdringlich und reserviert, aber bereits entschlossen, daß sie dieses Haus besitzen wollte und kein anderes. Als sie auch am nächsten und übernächsten Tag da war, stellte ich ihr einen Teller mit Katzenfutter vor die Tür, sie übereilte nichts, als wolle sie uns bedeuten, daß sie nicht bloß gekommen sei, um zu betteln, sondern um das Terrain zu sondieren, ließ sich gnädig herab, von *Fancy Feast für verwöhnte Vierbeiner* zu kosten, erst vor der Tür, am nächsten Tag auf der Schwelle. Noch ließ sie sich bitten, hereinzukommen, ließ uns Bücklinge machen und sie in der Babysprache umwerben, die unser Sohn sich längst verbat, bis sie das Haus in Augenschein nahm und wir vor Erwartung den Atem anhielten: Würden wir ihrer Prüfung standhalten? Als künftiger Besitzer erkundete sie ein Zimmer nach dem anderen, sprang dann mit ihrem leisen beiläufigen Katzengruß aufs Sofa und rollte sich dort auf dem Polster ein, den Kopf in der Kuhle zwischen Fuß und Bauch, Schwanz rundherum. Sie war die schönste Katze, die man sich vorstellen konnte, mit großen grünen Mandelaugen, einem weichen gelb getigerten Angorafell und der Grazie einer Tänzerin. Es gab keine Haltung, stehend, sitzend oder liegend, wach oder schlafend, in der sie nicht fotogen war wie ein Model für einen Katzenkalender. Und sie gehörte ab jetzt uns, das heißt, wir gehörten ihr. Noch nie hatten wir ein so großzügiges Geschenk bekommen, ohne das geringste zu tun, um es zu verdienen, und wir erwiesen uns dienstfertig und dankbar. Bevor sie noch bereit war, sich von uns streicheln und auf den Arm nehmen zu lassen, waren wir ihr schon untertan.

Wir nannten sie Ref, unsere Abkürzung für *refugy*, und erfanden Geschichten über ihre Herkunft, Joe ging so weit zu spekulieren, ob sie seine reinkarnierte Großmutter sein könnte. Wir richteten das Haus für sie ein: eine Klappe im Fenster, damit sie nicht mehr vor der Tür warten mußte, eine Kiste, Futterschüsseln für weiche, harte und flüssige Nahrung, die auf der Anrichte darauf wartete, gefressen zu werden, einen Katzenkamm, ein Körbchen, das sie nie benützte. Dann brachten wir sie zum Tierarzt und fanden heraus, daß unsere zugelaufene Katze ein kastrierter Kater war und starke Vorlieben und Aversionen hatte. Er fauchte mit gesträubtem Fell beim Anblick des Briefträgers und in seinem Katzenkäfig auf dem Weg zum Tierarzt wehklagte er und warf sich gegen die Gitterstäbe, als werde er zu seiner Hinrichtung gefahren. Wir fürchteten, er werde uns auf diesen Vertrauensbruch hin sofort verlassen, aber er blieb, wenn auch wachsam. Sobald der tragbare Käfig im Wohnzimmer auftauchte, war Ref unauffindbar. Mit der Zeit fand er sich damit ab, daß er ganz nette, meist verläßliche Menschen hatte, die ihn jedoch hie und da in einem unerklärlichen Anfall von Sadismus zu einem Katzenquäler brachten, wo man ihn mit Nadeln stach und ihm mit Metallgegenständen im Maul herumstocherte. Ref ist hier, raunten die Sprechstundenhilfen beim Tierarzt einander zu und zogen feste Handschuhe an und die Ärmel bis übers Handgelenk herunter, um ihn im Sprechzimmer zu dritt zu bändigen, während er die Katzen im Wartezimmer durch sein herzzerreißendes Jammern zu Heulorgien anstachelte. Wieder zu Hause war er sanft und zärtlich, er trug uns den Verrat nicht nach, ließ sich am liebsten wie ein Kleinkind an den Oberkörper geschmiegt über der linken Schulter tragen und schnurrte uns dabei tief aus der Kehle ins Ohr. Am Abend wärmte er uns die Betten vor, holte unseren Sohn zum Abendessen, wartete bei Tisch, was für ihn abfiel, und es fiel immer etwas ab, und ging dann zum Katzenkonvent, der bereits jaulend in der Dunkelheit auf ihn zu warten schien. Erst gegen Morgen sprang er auf unser Bett, an regnerischen Herbsttagen kalt und durchnäßt, um sich an unseren Füßen zu wärmen. Ref hatte ein gutes Leben, das viele Jahre dauerte, die wir nicht zählten. Er schlief viel, aß gut und oft, am liebsten aß er Shrimps, brachte in jüngeren Jahren auch manchmal einen Vogel als Geschenk nach Hause, bis er begriff, daß er dafür kein Lob bekam, führte daneben sein eigenes geheimes Leben, aus dem er erschöpft nach Hause kam, wann es ihm beliebte, und verschlief viele Sommer- und Wintertage, sogar im Schlaf noch eine Augenweide und unser Stolz. Er hatte mit sicherem Instinkt sein Haus und seine Menschen ausgewählt und hätte, wie es im Märchen heißt, *glücklich und zufrieden bis an sein Ende* leben können, wenn nicht eine unerwartete Wendung die letzten Jahre seines Katzendaseins verdüstert hätte.

Manchmal bekam Ref Besuch von nebenan, Buddy, ein kräftiger schwarzer Kater mit borstigem Fell, von Anfang an ein Schlägertyp von einem Kater. Aber solange Buddy sein eigenes Zuhause besaß, waren sie Freunde und lagen einträchtig an unserer Hausmauer in der Sonne. Als unsere Nachbarn auszogen, ließen sie Buddy zurück und die neuen Nachbarn wollten keine Katze und jagten ihn fort. Wann Buddy zu dem hinterhältigen Vieh geworden war, das uns den Kampf ansagte, daran konnten wir uns am Ende nicht erinnern, irgendwann in seinem Obdachlosendasein wurde er böse, biß um sich wie ein Straßenköter, richtete sich auf den Hinterpfoten auf und trommelte an die Tür, kreischte wütend, kratzte jeden, der ihm nahe kam, und forderte Einlaß, nur um seine Notdurft auf unseren Betten zu verrichten und jeden zu attackieren, von dem er sich bedroht fühlte. Sogar unser friedfertiger Ref zeigte ihm die kalte Schulter, obwohl sie im Sommer noch immer nebeneinander unter den Büschen schliefen. Im Herbst riefen wir die früheren Nachbarn an, sie mögen ihre Katze holen, bevor es kalt würde, aber der Winter kam und Buddy trommelte an unsere Tür, bis unser Mitleid siegte und wir ihn einließen. Aber Refs Territorium war abgesteckt und Buddy war eine Katze zuviel in unserem Haus, sie fauchten einander an und ersannen Boshaftigkeiten wie kleine Kinder, mit denen sie sich gegenseitig ärgerten und uns auf die Nerven gingen, bis wir Buddy auf der Veranda aus einem großen Karton und Tüchern ein warmes Plätzchen einrichteten. Aber bei jeder Gelegenheit brach er in Refs Territorium ein, bis er endgültig Hausverbot bekam. Um unser schlechtes Gewissen zu beruhigen, ließen wir sein Futter Tag und Nacht nicht ausgehen, es war immer so reichlich, daß wir bald einen ganzen Zoo vor der Verandatür hatten. Abends kam eine Opossum-Familie, nachts pirschte sich ein Dachs an die Futterschüssel, manchmal ein Waschbär, tagsüber fielen Krähenschwärme ein und fraßen das zu kleinen Würstchen gepreßte Hühnerfleisch, und schließlich erlaubte Buddy, der Herrscher über die Veranda, auch zu bestimmten Besuchszeiten zwei Katzen den Zutritt zu seinem Territorium. Sie kamen so regelmäßig und beäugten uns so neugierig durch die Fensterscheiben, daß wir ihnen Namen gaben: Ducky und Spooky. Spooky war eine auffallend schöne, bis zum Skelett abgemagerte grau-weiß getigerte Katze mit großen Augen in ihrem kleinen dreieckigen Gesicht. Ducky dagegen war klein und gedrungen, ihr Fell hatte von allem etwas, ein wenig gelb getigert, ein wenig grau gefleckt, ein bißchen braun gescheckt, als hätten die widersprüchlichen Gene ihrer Vorfahren bis zuletzt um die Vorherrschaft gekämpft, sie hatte rachitische krumme Beine und war eine höchst ungraziöse, mißtrauische Katze. Die beiden Katzenweibchen standen offenbar unter Buddys Schutz, denn er ließ ihnen beim Fressen stets den Vortritt, und Ref beobachtete aus der sicheren Wärme des Eßzimmers heraus mit trägen, scheelen Blicken das Treiben vor seinem Fenster.

Eines Tages erschien unser ehemaliger Nachbar und nahm Buddy mit. Aber inzwischen hatten wir ein ganzes Nachtasyl vor der Tür und jetzt, wo die Veranda herrenlos war, kamen und gingen die obdachlosen Katzen der ganzen Umgebung, um sich satt zu fressen. Ducky quartierte sich in Buddys Unterstand ein und brachte einen kräftigen jungen Kater mit, der wie ein Baby schrie und ganze Nächte miauen konnte. Die beiden waren unzertrennlich, während Spooky bald spurlos verschwand und nie mehr wiederkam. Sie verständigten sich durch liebevolle Nasenstüber und indem sie einander die Hälse leckten und am Hinterteil des andern schnupperten. Als der erste große Nor'easter dieses Winters mit tagelangen Schneestürmen kam, ließen wir die Katzen ins Haus, ohne zu ahnen, daß wir damit den Anfang von Refs Ende beschleunigten. Ducky verhielt sich wie eine verschreckte Wildkatze, vorsichtig, mißtrauisch, immer hinter Möbelstücken und Stuhlbeinen verbarrikadiert, und sobald jemand versuchte, sich ihr zu nähern, verschwand sie in irgendeinem unzugänglichen Winkel. Auch Monate nachdem sie eingezogen war, ließ sie sich nur ungern streicheln, saß zusammengekauert unter einem Sessel und schien ihr Glück, ein warmes Zuhause gefunden zu haben, noch immer nicht fassen zu können. Sie fraß mit einer Gier, als sei jede Mahlzeit ihre letzte, und versuchte ansonsten, so wenig Aufmerksamkeit wie möglich auf sich zu ziehen, wagte sich überhaupt nur unter dem Schutz ihres Gefährten aus ihren Verstecken heraus.

Der kleine getigerte Kater dagegen strotzte vor Glück und Zuversicht. Wir nannten ihn Ishmael. Er wuchs und gedieh zu Refs großem Ärger, der ihn belauerte, ihn anfauchte, auf ihn losging, wann immer er ihn zu fassen kriegte. Beim Fressen mußten wir sie trennen, wenn wir das Haus verließen, mußten wir sie durch verschlossene Türen voneinander fernhalten. Während Ducky, ein kastriertes Weibchen, von den Rivalitäten unbehelligt blieb, wurden die Kämpfe zwischen Ref und dem jungen Kater immer heftiger, bis Ref eines Tages versuchte, den Kleinen umzubringen. Als wir nach Hause kamen, blutete er und war übel zugerichtet. Er wurde verarztet und geimpft, und auch der Tierarzt konnte sich seinem Charme nicht entziehen, Ishmael schnurrte sogar auf dem Behandlungstisch und ließ sich bereitwillig untersuchen. Er entwickelt sich zu einem Prachtstück von einem Kater, sagte der Tierarzt, der nimmt es einmal mit jedem Kojoten auf. Sie sollten ihn kastrieren lassen, sonst wird er nicht lange leben. Nein, sagte Joe, er soll ein erfülltes Leben haben.

Ishmael war ein so sanftes, liebesbedürftiges Kätzchen, daß er Ref als first cat den Rang ablief. Komm her, sagte Joe zu Ref und klopfte auf den freien Platz an seiner Seite. Auf der anderen Seite saß bereits Ishmael, schnurrte, wälzte sich vor Wonne auf dem Rücken, bot ihm die Kehle zum Kraulen, legte Kopf und Pfoten auf seinen Schoß, und Ref zischte verächtlich in ihrer beiden Richtung und kehrte ihnen den Rücken, es war unter seiner Würde, die Rolle der Nebenkatze anzunehmen. Ich konnte seinen Kummer nachvollziehen und bevorzugte ihn, wo ich konnte, vor allem beim Kochen, wo er mir nicht von der Seite wich. Dafür betrachtete er mich von nun an als sein Eigentum und hinterließ seine Duftmarken an meinen Beinen, damit Ishmael erst gar nicht auf die Idee kam, mit mir anzubandeln.

Wir wußten nicht, wie alt Ref wirklich war, aber es war nicht zu übersehen, daß er nach Ishmaels Einzug rasch alterte. Als ich eine Bänderzerrung hatte und nur unter Schmerzen die Treppe zu den Schlafräumen hinaufhumpelte, begann auch Ref beim Stiegensteigen zu hinken. Aber er behielt sein Hinken bei, als ich wieder normal gehen konnte, er schaffte den Sprung aufs Sofa erst nach mehreren Anläufen und bald mußte man ihn auf das Sofa heben. Noch machte er am Morgen, nach dem Frühstück, kurz seine Runde durch die Gärten, aber er kam bald zurück und verschlief den Tag, lag im Bett, sah fern, richtete sich bei den Werbeeinschaltungen für Katzenfutter kurz auf, um die Fernsehkatzen anzuzischen, und legte sich erschöpft wieder auf seinen Polster. Ishmael ging er aus dem Weg, aber wenn ein Zusammentreffen nicht zu vermeiden war, fauchte er kurz in seine Richtung und trollte sich. Ishmael dagegen war ein Sanguiniker, er machte ihm großzügige Friedensangebote, die Ref verächtlich ausschlug. Ref grollte und wurde dabei alt und griesgrämig und Ishmael gedieh, umschmeichelte, umschnurrte und umwarb jeden, der in seine Nähe kam.

Einige Jahre lebten wir mit diesen drei Katzen.

Ducky war die Katze unseres Sohnes, sie wachte vor seiner Tür, rief ihn zum Essen, sah ihm beim Rasieren zu, legte sich in sein Bett, markierte ihn regelmäßig und ließ sich nur von ihm länger kraulen. Sie wartete geduldig auf dem Fensterbrett, daß er von der Schule nach Hause kam, und begrüßte ihn mit gerecktem Kopf und geducktem Körper an der Tür, bereit, sich streicheln zu lassen. Es war eine Liebe ohne viele

Worte, sie waren einfach füreinander da und konnten sich aufeinander verlassen.

Ishmael war Joes Kater, ein Riesenvieh von einer Schmusekatze und immer noch liebeheischend und verspielt wie ein Kleinkind. Er muß wohl Besitzer eines großen, seinen jugendlichen Kräften entsprechenden Territoriums gewesen sein, denn in den Zeiten, wenn die Katzen vielstimmig über die nächtlichen Dächer heulen, kam er oft erst nach mehreren Tagen und Nächten zerkratzt, mit zerrissenen Ohren und halbtot nach Hause. Wenn ihm dann der Arzt Quarantäne verordnete, kamen ihn mitunter die schönsten Katzendamen suchen.

Ref, der Griesgram, strich mir um die Beine, legte sich auf meine aufgeschlagenen Bücher, schlief an meiner Schulter und legte sich auf meine Haare, und ich verwöhnte ihn. Er verließ kaum mehr das Haus. Doch eines Abends war er weg. Es hatte den ganzen Tag heftig geregnet und wir waren erst gegen Abend nach Hause gekommen. Im letzten Licht fanden wir ihn in einer tiefen Pfütze, er stand da mit naß verklebtem Fell, so orientierungslos, als habe er aus dem kleinen See vor einer Einfahrt nicht mehr herausgefunden. Wir trockneten ihn und einen Abend lang war er unsere einzige Sorge, aber bald merkten wir, daß er auch zu Hause orientierungslos, begriffsstutzig und offenbar blind war. Er rannte wütend gegen vertraute Gegenstände, fauchte erbost ein Tischbein an, kämpfte mit ausgefahrenen Krallen gegen das Sofa. Er hörte nicht mehr auf uns, vielleicht war er auch taub. Es schien, als seien wir ihm alle egal, Katzen wie Menschen, er führte seinen erbitterten Kampf gegen eine unsichtbar gewordene Welt, und auch sein Kistchen suchte er nicht mehr, sondern verrichtete seine Notdurft, wo er gerade stand. Wir versuchten alles Mögliche, um mit ihm trotz allem katzen- und menschenwürdig zu leben.

Schließlich trugen wir ihn in seinem verhaßten Käfig zum Tierarzt und erinnerten uns, wie er auf dieser kurzen Fahrt immer getobt und gejammert hatte. Der Tierarzt sah, wie wir mit den Tränen kämpften. Geht er noch auf sein Kistchen, fragte er. Wir schüttelten die Köpfe. Dann ist es an der Zeit. Er legte uns ein Formular zum Unterschreiben hin. Ref lag ganz friedlich zwischen uns, er wehrte sich nicht mehr. Er sah den Arzt mit seinen schrägen grünen Augen an, als er die Spritze an seine Flanke setzte, dann fiel er tot zur Seite.

Wir fragten uns, was Ishmael und Ducky denken würden, wenn wir mit dem leeren Käfig zurückkämen. Würden sie es spüren, daß wir zu Katzenmördern geworden waren? Aber Ishmael kam entzückt zur Tür gelaufen, wälzte sich ekstatisch vor Joes Füßen auf dem Rücken und bot ihm seinen hellgelben weichen Bauch zum Kraulen. Ducky kam kurz zu uns herüber, beschnupperte den Käfig, stupste Ishmael mit der Nase an. Eine Weile standen sie da, Nase an Nase, als flüsterten sie einander in der Katzensprache etwas zu, dann gingen sie zu ihren Futternäpfen.

Andrea Grill

Max

Ich rechnete mit ihm. Ein halbes Jahr lang hatte ich ihn nicht gesehen, aber ich rechnete mit ihm. Obwohl ich ihm beigebracht hatte, nicht mit mir zu rechnen; es war eine dieser unfairen Beziehungen, bei denen sich der eine Teil auf den anderen verlässt und gleichzeitig Verständnis dafür erwartet, dass auf ihn selber aber kein Verlass ist. Zu seinem eigenen Schutz hatte ich ihm beigebracht, nichts von mir zu erwarten, weil ich nicht immer da war, nicht immer da sein konnte.

Momentan landete ich gerade. Ich beugte mich näher zur Scheibe. Eine Landebahn war nirgends in Sicht, nur von Trockenheit fast weiße Wiesen und sehr blaues, glitzerndes Wasser, ich bildete mir ein, ich könnte bis auf den Grund sehen, das Seegras und die darin lauernden Muränen. Ein Schwarm Flamingos flog auf, steuerte in dieselbe Richtung wie wir, dann verlor ich Vögel und Fische aus dem Blickfeld, die Maschine wendete, machte einen Bogen und wir rollten auf das Flughafengebäude zu. Es war später Nachmittag, während der Reise hatte ich Bukowski gelesen, darüber vergessen, dass ich am Fenster saß, erst kurz vor der

Landung steckte ich das Buch in die Tasche und schaute hinaus. Bukowski wäre zu dieser Tageszeit längst betrunken gewesen. An der Stelle, an der ich aufgehört hatte zu lesen, war er ebenfalls in einem Flieger unterwegs, aber ohne Gepäck, weil er überhastet aufbrechen hatte müssen, kaum Zeit fand, sich geschwind noch Socken anzuziehen. Unwiderstehlich erfindet Bukowski eine Freundin nach der anderen, eine Sexszene nach der anderen – während die Leute ausstiegen und in die heiße Luft auf dem Rollfeld hinaustraten, war ich wieder mittendrin, in Bukowskis Schlafzimmer, wo gerade eine neue blumenverzierte Matratze geliefert worden war, eine drogensüchtige hinreißende Nachbarin wartete schon an der Bettkante. Bukowski kehrte aus Texas zurück nach L.A. Ich war auch zurückgekehrt, auf die Insel, die ich meine Insel nenne. Gehören tut mir dort allerdings nichts, außer einer Telefonleitung und der dazugehörigen Rechnung. Sechs Monate Telefongebühr würden diesmal fällig sein. Keine Miete. Die Besitzer der Dachwohnung, die mir zur Verfügung steht, halten sie für mich frei, ohne etwas dafür zu verlangen, nur die Grundgebühr des Telefonanschlusses, den ich installieren habe lassen, bezahle ich auch in meiner Abwesenheit.

Inzwischen gibt es sogar auf diesem kleinen Flughafen einen Bustransfer vom Rollfeld zum Terminal. Im Bus las ich weiter Bukowski, las, dass er regelmäßig von Universitätsleuten oder Literaturmenschen abgeholt wurde, und jedes Mal darum bat, in der Bar auf sein Gepäck warten zu dürfen, auch wenn er gar kein Gepäck hatte. Es stellte sich heraus, dass ich auch kein Gepäck hatte, das Rollband rollte leer vor sich hin. Ich war die Einzige, die noch wartete, zuschaute, wie das Band um die Ecke glitt, einen Bogen machte, unter die Reihe schwarzer Gummilappen schlüpfte und nichts transportierte. Man würde mir alles nach Hause bringen, sagte die Angestellte der Fluglinie, es sei bestimmt im nächsten Flug, der aus Rom kam. Gut, sagte ich und machte mich auf den Weg in die Eingangshalle. Ich hatte ein Mietauto reserviert, würde damit zu den Besitzern meiner Wohnung fahren, mir den Schlüssel holen und endlich erfahren, ob er noch da war. Ich würde aufsperren und die Tür offen lassen, damit er mich bemerkte. Vielleicht wäre das gar nicht notwendig. Er wird das Auto hören und erraten, was los ist. Ich werde ihm Wasser hinstellen, er wird durstig sein, die Bäche und Rinnsale in der Umgebung sind bestimmt ausgetrocknet, es hat seit sieben Wochen nicht mehr geregnet, hat ein Mann, der im Flugzeug vor mir saß, erzählt.

Wasser habe ich ihm auch früher manchmal hingestellt, nur Wasser, sonst nichts. Seine Nahrung musste er sich selber besorgen, entweder in der Nachbarschaft, bei Leuten, die permanent hier wohnten, oder er fing sich etwas. Mäuse gab es genug, auch Vögel und Eidechsen, verschiedenes Kleingetier. Vor allem durfte er nicht in meine Wohnung. Anfangs war er manchmal hineingeschlüpft und ich hatte ihn jedes Mal lautstark verjagt und die Tür hinter ihm zugeschlagen. Er lernte schnell, worum es ging. Bald konnte ich die Tür einfach offen lassen, er blieb vor der Schwelle sitzen, schlabberte ein bisschen Wasser, ließ sich streicheln, auf den Arm nehmen. Manchmal setzte ich mich auf die obersten Stufen der Stiege, die außen am Haus entlang bis zu mir in den dritten Stock führte, hielt ihn am Schoß und ließ ihn schnurren. Manchmal saß er auf dem schmalen Geländer, wenn ich nach Hause kam, schien auf mich zu warten. Wahrscheinlich wartete er nur darauf, etwas Fressbares aufzuspüren. Mit sorgfältig sortierten Pfoten saß er da, schaute in den Garten hinunter, über die Gipfel der Palmen hinweg, wirkte entspannt, trotz der schmalen Fläche seines Sitzplatzes. Nur ganz selten legte er die Ohren einen Moment lang flach an den Kopf. Wenn sich unten etwas bewegte, etwas übers

Gras huschte, ein Tier oder ein Schatten, oder wenn ein unerwartetes Geräusch zu hören war.

Max hieß er. Ob ich ihm den Namen gegeben habe oder ob er ihn schon von seinem Vorbesitzer hatte, weiß ich nicht mehr. Max gehörte ursprünglich dem jungen Deutschen, der im Stock unter mir wohnte und für die Nato arbeitete. Was er bei der Nato machte, weiß ich genauso wenig wie, woher er Max hatte. Ich erinnere mich, dass wir einmal miteinander fernsahen und die Big Brother Show lief. Max schlief am Fußende des Sofas, sein damaliges Herrchen trank Bier, aß Erdnüsse und sagte, wie gern er einmal bei so einer Big Brother Show mitmachen würde. Ein halbes Monat später zog er aus. Wir haben uns nicht großartig verabschiedet. Ich glaube, ich habe ihm nur kurz zugewinkt, als er ins Auto stieg. Auf die Idee zu fragen, was er mit der Katze vorhatte, bin ich nicht gekommen. Ich habe damals überhaupt nicht daran gedacht. Erst ein paar Tage später, als Max auf einmal in meiner Küche auftauchte, wurde mir bewusst, dass der Nachbar seine Katze dagelassen hatte. Er hat, glaube ich, Markus geheißen und die Katze einfach Katze gerufen oder *gatto*. Für mich hieß das Tier Max und ich gab mir Mühe, ihn nicht an mich zu gewöhnen. Wie gesagt, er lernte schnell. Nur selten versuchte er noch, sich in die Wohnung einzuschleichen, nur wenn es sehr windig war oder wenn ihn etwas erschreckte. Sonst war die Türöffnung tabu, als stünde dort eine unüberwindliche Mauer.

Er kam immer wieder, lag fast jeden Tag irgendwann einmal mit weit von sich gestreckten Beinen auf einer der oberen Stufen oder vollführte seinen Balanceakt auf dem Geländer, obwohl ich ihm nichts fütterte, nicht einmal eine Kleinigkeit. Und trotzdem ließ er sich gerne hochheben, drückte sich mit schlängelndem Schwanz gegen meine Füße, wenn ich so tat, als hätte ich ihn nicht bemerkt. Max hatte mich adoptiert. So sah ich die Angelegenheit. Ich sagte nie, dass ich eine Katze hatte, ich erzählte von Max, dass wir uns den Garten teilten, dass wir uns Gesellschaft leisteten, besonders an den Abenden, wenn es noch bis lange nach Mitternacht über dreißig Grad warm war. Deine Katze, sagte ab und zu jemand. Wie geht's deiner Katze? Ich bestand darauf, ich besaß keine, es gab nur eine, die mich oft besuchte, die auf demselben Grundstück lebte wie ich. Haarspaltereien, sagten meine Freunde.

Ich habe immer eine Abneigung dagegen gehabt, meine Beziehungen zu anderen mit Bezeichnungen zu versehen, mit besitzanzeigenden Fürwörtern. Ich wehre mich dagegen, jemandes Frau oder Freundin zu sein, will niemanden „meinen Mann“ nennen, falls ich einen Chef hätte, würde ich ihn mit Vor- und Zunamen vorstellen. Ich weiß, es ist nichts dabei. Bezeichnungen dienen zur Minimalisierung der Verwirrung. Mich irritieren sie. Manchmal denke ich, die Komplizierungen zwischen Menschen kommen daher, weil sie für jede Beziehung eine Bezeichnung erfinden und ein besitzanzeigendes Fürwort dranhängen. Kann sein, dass ich damit übertreibe. Tatsächlich sollte aber die Genauigkeit in diesem Zusammenhang ruhig schon bei den Katzen anfangen. Bei Max. Max ist jemand, der mich besucht. *Er* könnte allenfalls behaupten, dass ich ihm „gehöre“, als Besuchsobjekt. Testamentlos hat er mich von seinem ehemaligen Besitzer geerbt. Übrigens bin ich mir mittlerweile nicht mehr ganz sicher, ob Max ein „er“ war, er könnte auch eine „sie“ gewesen sein. Ich habe ihn einfach Max genannt und gleichzeitig Katze. Kater habe ich nie gedacht, wenn ich an ihn dachte. Aber ich weiß es nicht. Sobald er auftaucht, muss ich ihn kontrollieren. Ich hoffe, er wird auftauchen.

In der Eingangshalle des Flughafens befand sich nicht, wie ich vom letzten Besuch auf der Insel in Erinnerung hatte, *ein* Kiosk, an dem Mietwägen vermittelt wurden, sondern mindestens sechs, und auf dem großen Schotterparkplatz vor dem Gebäude kündigten Plakate und Schriftzüge weitere Firmen an. Ich legte dem Mädchen von „Europe-Car“, im ersten Kiosk rechts, meinen Zettel mit der Reservierung hin, der Ausdruck eines automatisch generierten E-Mails, das die Überweisung der Anzahlung für einen Kleinwagen mit drei bis fünf Türen bestätigte und dass der Wagen am soundsovielten dieses Monats am Flughafen abholbereit sein würde, bei welcher Firma, war dem E-Mail nicht zu entnehmen. Bei uns jedenfalls nicht, sagte das Mädchen, sie hatte eine schneeweiße Bluse an. Ich müsse es einfach bei allen Kiosken versuchen, riet sie, überall fragen.

Der Besuch bei Max – denn diesmal war ich seinetwegen gekommen – gestaltete sich schwieriger als gedacht. Es war das erste Mal, dass ich mir einen Mietwagen leistete, ich hatte Projektgeld dafür zur Verfügung, hatte mir die Reise einfach und luxuriös vorgestellt. Und da stand ich, sah mich um, zählte sieben verschiedene Firmen, die Autos vermieteten, in der Eingangshalle des Flughafens, vermutete am Schotterplatz draußen noch einmal so viele und hatte große Lust, einfach in die Bar zu gehen, wie es Bukowski getan hätte, hundertprozentig. Ich ging nicht in die Bar. Ich war nicht zum Vergnügen hier, sondern in erster Linie wegen Max. Wegen einer Katzengeschichte. Im Orient würden Katzen dazu benützt, Teppiche zu stehlen, hatte ich irgendwo gehört. Im Frühling, wenn alle ihre Teppiche zum Auslüften über die Balkonbrüstungen hingen, gingen Diebe mit Katzen unterm Arm durch die Straßen, um den Leib hatten die Tiere eine Art Geschirr gebunden, mit einer langen Leine daran. Ab und zu warfen die Diebe diese Katzen dann hinauf zu den Balkonen, sie krallten sich angstvoll in die Teppiche, der Dieb zog an der Leine und die Katze fiel samt dem Teppich auf die Straße herunter. Es war wie angeln. Damals glaubte ich die Geschichte eigentlich nicht. Aber wer würde mir glauben, dass ich ausnahmsweise einen Mietwagen bestellt und schon bezahlt hatte und ihn jetzt nicht fand? Inzwischen war ich beim dritten Kiosk. Keine Reservierung, keine Ahnung. Entmutigt las ich noch einmal das automatisch generierte E-Mail und entdeckte ganz unten im Kleingedruckten eine Nummer in England, die man in Case of Emergency anrufen sollte. Ich wählte und staunte. Die Dame an der englischen Nummer konnte mir den Standort der Firma, bei der das von mir reservierte Auto wartete, exakt beschreiben. Es war rechts um die Ecke, direkt neben dem Taxistandplatz. Die Firma hieß „European Car Rental".

Endlich war ich unterwegs. Ich fuhr zu den Vermietern, um mir den Wohnungsschlüssel zu holen. Sie hätten mich bereits früher erwartet, sagten sie fast gleichzeitig und schlugen vor, ich solle zum Essen bleiben. Sie waren ein älteres Ehepaar, er Architekt, sie Lehrerin, beide pensioniert, sympathisch und ausgesprochen entgegenkommend. Ich lehnte dankend ab. Ich hatte zwar Hunger, aber keine Geduld für einen langen Abend mit zwei halbwegs Fremden, die mit aufrichtigem Interesse versuchen würden, mich auszufragen, sich nach meinem Alltag, meiner Arbeit erkundigen würden, ob ich endlich geheiratet hätte.

Ich fuhr die mir so gut bekannten Wege, die elf Kilometer lange Schnellstraße am Meer. Inzwischen war es dunkel geworden, ab und zu leuchtete die Gischt im Schweinwerferlicht, vereinzelte Pärchen spazierten am Strand entlang oder lagen in flachen Sandkuhlen. Ich hatte alle vier Fenster heruntergekurbelt, der feuchtwarme Wind vertrieb die abgestandene Luft aus dem Auto, den Geruch nach alten Polstermöbeln und Reinigungsmitteln. Bukowski hätte die Fahrt ebenfalls genossen, eine Bierflasche nach der anderen getrunken, ein Sixpack am Beifahrersitz deponiert gehabt, die leeren Flaschen auf die Rückbank geworfen oder beim Fenster hinaus, auf den Strand, in die Büsche am Ufer der Lagune auf der anderen Seite. Im Rückspiegel sah ich, wie die Flamingos von der hinteren Salzlacke zurückkamen. Wie immer, wie in allen Sommern der letzten Jahre, hielten sie sich exakt an die Zeit. Sie flogen dann, wenn es dunkel wurde, um halb neun, neun oder halb zehn, je nachdem, ob es Mai, Anfang oder Mitte Juni war. Sie wechselten von der einen Lagune in die andere wie ein großer rätselhafter Schriftzug in der Luft. Wenn es geht, teile ich mir meine Fahrten immer so ein, dass ich zur Zeit des Flugs der Flamingos unterwegs bin.

Ich kenne jede Biegung dieser Straße, jeden Kreisverkehr. In fünf Minuten würde ich ankommen, in Max' Reich, wie ich es jetzt nannte. Ich würde das Gartentor aufschließen, den Wagen vor die Oleanderbüsche stellen. Eine Runde unter den Palmen machen, nachschauen, ob die Artischocken reif sind, ob Zitronen am Baum hängen, vielleicht findet sich sogar die eine oder andere Zucchini. Sollte ich Max rufen? Das hatte ich noch nie getan. Er war immer einfach gekommen, da gewesen, egal, wie lange ich weg war. Seit drei Jahren machten wir das so.

Das Besondere an Max ist, dass er aussieht wie eine Wildkatze, obwohl er offensichtlich von klein an als Hauskatze gelebt hat, alle Merkmale passen, der extrem buschige Schwanz, die Form des Kopfes, die breiteren Pfoten. Meine Kollegin, die seit Jahren an Katzen forscht und an unserem Department die Hauptverantwortliche für das derzeitige Projekt ist, versprach sich sehr viel von der Analyse von Max. Er könnte ein Hybrid sein, eine Kreuzung zwischen Hauskatze und Wildkatze, bei der alle Merkmale der Wildform vollständig erhalten sind. Von solchen Hybriden gibt es kaum Daten, und dass er von der Insel kommt, macht ihn umso interessanter, sagte meine Kollegin am Tag vor meiner Abreise. Sie ist die Expertin in unserem Team, ich hatte mich ihnen nur kurzfristig angeschlossen, weil ich mich auf der Insel gut auskenne. Mein eigentlicher Auftrag betraf auch nicht Max, sondern die Katzen der Insel im Allgemeinen. Max war mir nur im Gespräch eingefallen und als ich von ihm zu erzählen anfing, hatten die anderen so enthusiastisch reagiert, dass es sich von selbst verstand, dass er auch ein Punkt in unserer Datensammlung sein würde. Eine Serie von Buchstaben, die für Aminosäuren standen, eine Null oder eine Eins, ein Kreuz oder ein Minus, ein Peak oder ein Minimum in der Graphik oder einfach ein unauffälliger Tupfen in der durchschnittlichen Datenwolke.

Wenn ich mit meiner Kollegin irgendwo hinfuhr, musste ich immer unerwartete Stopps einkalkulieren. Sobald sie eine überfahrene Katze sah, bremste sie, hielt am Straßenrand, ohne Rücksicht, ob die Stelle gefährlich war oder nicht, stieg aus und lief zu dem Kadaver hin. Einmal war ich mit ihr ausgestiegen, der tote Kater war noch warm gewesen, schau er ist noch warm, hatte sie gesagt und ihre Hand auf seinen Pelz gelegt. Er wirkte kaum verletzt, nur aus dem Maul war ein feiner Blutfaden geronnen, die Augen glänzten noch blank und irisierend grün in der Sonne. Rita, so hieß meine Kollegin, stand in einem gelben Kleid am Asphalt, wir waren unterwegs zu einer Party, sie lief zum Wagen zurück, schaltete die Warnblinkanlage ein, holte eine kleine Tasche aus dem Kofferraum. Sie hockte sich zu dem toten Kater und schnitt mit einer Rasierklinge die Spitzen beider Ohren ab, Dreiecke aus Fell, vier, fünf Millimeter groß, die sie mit einer Pinzette in Plastikröhrchen stopfte. Alkoholgeruch breitete sich aus. In den Röhrchen befand sich 99%iger Alkohol. Darin schwammen nun die zwei winzigen Felldreiecke. Wieder im Auto nahm Rita Etiketten und einen schwarzen Faserstift aus ihrer Tasche, sorgfältig beschriftete sie die Röhrchen mit den Katzenohrenspitzen mit Datum, GPS-Koordinaten und einer laufenden Nummer. Als sie den Kater berührt hatte, waren die vollkommen intakt und noch lebendig scheinenden Augen irgendwie aus den Fugen geraten. Vielleicht ist das gemeint, wenn man sagt, seine Augen brachen. Ich bewundere dich, dass du das so locker fertigbringst, Rita, sagte ich. Sie schüttelte den Kopf, meinte, es bleibe ihr ja nichts anderes übrig, zumindest leben diese armen überfahrenen Katzen noch in der Wissenschaft weiter. Dann, erinnere ich mich, sind wir zur Party gefahren und haben den Kater im Laufe des Abends vergessen. Ich zumindest habe nicht mehr an ihn gedacht. Über dem ersten Getränk erzählte Rita noch, dass in dem Jahr, in dem sie ihre Doktorarbeit angefangen hatte, in der Kleinstadt, aus der sie kam, ein seltsames Gerücht umging. Es gäbe einen Katzenmörder, der seine Opfer kennzeichnete, indem er ihnen die Ohrenspitzen abschnitt. Dabei war es einfach Rita gewesen, der von Freunden und Bekannten immer zugetragen wurde, wo eine tote Katze lag, und die dann sofort hinfuhr, um sich ihre Probe zu sichern. Rita lachte, als sie es erzählte, sie hätte das Gerücht aber bald wieder bereinigen können.

Ich begleitete sie noch oft, wenn sie auf der Suche nach toten Katzen durch die Gegend fuhr. Ich wollte mich daran gewöhnen, weil das ja meine Aufgabe auf der Insel sein würde. Um herauszufinden, wie viele Wildkatzen es tatsächlich noch gab und wie sehr sie sich genetisch mit den Hauskatzen vermischten, musste ich von jeder greifbaren Katze, egal ob tot oder lebendig, eine DNA-Probe besorgen. Jetzt kam die Leuchtreklame des Eisgeschäfts in Sicht, bei dem ich einbiegen musste, um zu meiner Wohnung zu gelangen, zu *Max' place*. Die Reklame war ein knallrotes Pferd. Lange hatte ich mit Rita darüber diskutiert, wie ich die Probe am besten nehmen sollte. Es gab mehrere Möglichkeiten, ich konnte Max einen Wattebausch unter die Zunge legen, mit einem Löffelchen etwas Haut von seinem Gaumen abkratzen, ihm ein Büschel Haare ausreißen, ihm ein Stückchen Ohr abschneiden. Ich wollte die Methode, die Max am wenigsten traumatisieren würde, Rita plädierte für die Methode, die die beste Qualität DNA lieferte. Ich werde einer lebendigen Katze bestimmt nicht die Ohren abschneiden, Rita, sagte ich zu ihr, während sie mich mit ihren braunen Augen einfach nur ansah. Und wenn du ihm ein ganz winziges Loch stanzt? Wie für einen Ohrring? Das wächst wieder zu, nach ein paar Wochen sieht man gar nichts mehr. Wir hatten die Frage unbeantwortet gelassen. Ich würde vor Ort entscheiden, falls Max überhaupt zum Vorschein kam. Manchmal wünschte ich mir, er käme nicht. So bliebe mir das Dilemma erspart und ich könnte mich in Ruhe auf unbekannte Katzen konzentrieren. Andererseits vermisste ich ihn, freute mich auf sein weiches Fell unter den Fingern, wie er mir vertraute, wie er sich an mich schmiegte. Ich hätte den Mund halten sollen, nie von ihm anfangen. Je näher ich dem Haus und dem Garten kam, in dem Max sich höchstwahrscheinlich aufhielt, desto mehr widerstrebte es mir, aus ihm einen Datenpunkt in einer unserer Grafiken zu machen. Max ist nicht einfach nur eine Katze, dachte ich und bog in unsere Straße ein, die von Max und mir, Via delle Dalie, obwohl hier nur Kaktusse wuchsen, keine einzige Dahlie. Max ist ein Lifestyle. Gerade weil er nie etwas von mir bekommt und trotzdem immer da ist. Ich wollte gar nicht genau wissen, wer Max war, eine echte Wildkatze, eine halbe Wildkatze oder gar keine. Ob seine Eltern vom Festland stammten oder eine Linie darstellten, die es nur auf der Insel gab. Ich wollte Max behalten, so wie er war, sphinxartig und loyal. Die Faszination für die Geheimnisse der Welt, für das, was Rätsel aufgibt, das, was einen dazu bringt, Wissenschaftler zu werden. Und im Lauf der Jahre, je besser man in seinem Beruf wird, je länger man forscht, desto mehr klaut man sich von dieser Faszination, weil aus allen bunten zwitschernden jaulenden kreischenden Wesen, mit Fell oder Feder, sechs, acht, hundert oder keinen Füßen, schlussendlich nur Zahlen werden, Einser und Nullen, mit denen man so lange rechnet, bis sie Striche ergeben, die man seinen Kollegen im Format von zwei mal zwei Metern kunstfertig an die Wand wirft. Ich wollte mit Max nicht rechnen.

Bukowski, der in Papierform auf meinem Rücksitz lag, wäre zu diesem Zeitpunkt vollends betrunken gewesen. Er hätte das Auto direkt in den Zaun des Nachbarn gelenkt, ungerührt vom Krachen und Splittern die letzten zwei verbliebenen Bierflaschen aus dem Sixpack geholt und sich damit unter den Sternenhimmel gelegt. Ich schloss das Tor auf, es ging ganz leicht, schien frisch geölt. Den Wagen parkte ich unter der größeren der drei Palmen, deren Wedel den halben Vorplatz überwucherten. Ich rannte hinauf in den dritten Stock, in *meine* Wohnung. Von der Terrasse aus war, wie immer, der Engelsgolf zu sehen, das Schimmern der Stadt, zwischen Meer und Lagune, und der Teufelssattel im

Hintergrund, eine Landzunge mit einer Delle in der Mitte, als hätte sich, anfangs, als sie noch ganz weich war, ein riesenhafter Hintern hingesetzt.

Ich ging hinunter in den Garten, kontrollierte die Zitronen. Einige waren so reif, dass sie mir in die Hände fielen, sobald ich sie berührte. Danach spazierte ich zum Gemüsebeet. Unkraut wurde hier von niemandem gezupft, aber die Artischocken gediehen trotzdem hervorragend, wie Köpfe vielarmiger Leiber lagen sie auf der Erde. Morgen würde ich zwei, drei kochen, die Herzen in Butter schwenken, mit Senf und Weißwein zu Mittag essen. Da bewegte sich etwas zwischen den Blättern. Im ersten Moment erschrak ich, bis es sich an meine Beine schmiegte und schnurrte. Max. Hallo, Micio, sagte ich zu ihm. Mir fiel ein, dass ich noch Kekse im Auto hatte. Magst du einen Keks, Micio, fragte ich und hielt ihm einen halben Keks hin. Zum ersten Mal, seit wir uns kannten, fütterte ich ihn. Vorsichtig nahm er mir den Keks aus der Hand, trug ihn ein paar Meter weit, legte ihn auf den Boden, schubste ihn erst mit der linken und dann mit der rechten Pfote. Er spielte damit, als wäre der Keks eine Maus.

Ich entschied mich für die Haarbüschelmethode. Sobald mein Gepäck geliefert wurde und Max wieder einmal auf dem Stiegengeländer saß, fing ich ihn, streichelte ihn und riss ihm dabei wie versehentlich einige Büschel Haare von Rücken und Schwanz aus. Wichtig war, dass auch die Wurzeln mitgingen, dass ein bisschen Haut daran hängen blieb. Max maunzte und sprang mir vom Schoß, schien aber nicht weiter bekümmert. In der nächsten Minute saß er wieder am Geländer und putzte sich sorgfältig. Inzwischen hatte ich schon mehrere andere Proben gesammelt, es verging kaum eine Fahrt auf einer Landstraße in der Umgebung, auf der ich keine tote Katze fand. Ich setzte mich an meinen Arbeitstisch, dort lagen mehrere alkoholgefüllte Röhrchen vorbereitet, in eins davon stopfte ich die Haare von Max. Die bereits beschrifteten Röhrchen steckten ordentlich nebeneinander in einer speziell dafür angefertigten Schachtel mit vielen Fächern, eins für jede Probe. Ich suchte den wasserfesten Stift. Er musste in der Küche liegen. Als ich zurückkam und Max' Röhrchen beschriften wollte, entdeckte ich da noch ein zweites Röhrchen. Ebenfalls voll mit Katzenhaaren. Eine Bekannte aus der Stadt hatte mir ihre Angorakatze zur Analyse angeboten. Sie war am Vortag mit dem Tier dagewesen, dann hatten wir ein bisschen geplaudert und ich hatte offenbar darauf vergessen, das Röhrchen zu beschriften. Ich versuchte, mich daran zu erinnern, auf welche Seite des Tisches ich vorhin die Probe von Max gelegt hatte, rechts oder links? In welchem der beiden Röhrchen war jetzt Max?

Am nächsten Abend wartete ich ungeduldig auf ihn. Ich musste eine zweite Probe nehmen, um sicherzugehen. Max kam nicht. Auch am folgenden Tag nicht und an keinem Tag der drei Wochen, die ich noch auf der Insel verbrachte. Wo war Max?

Polly Adler

Bei Doktor Mouse

Da waren sie alle versammelt, die hochgradig besorgten Hunde- und Katzeneltern mit ihren kleinen Lieblingen. Es roch muffig in dieser Tierarztpraxis und dann noch diese Grabesstimmung.

„Es ist die Hüfte, aber wir geben die Hoffnung nicht auf", sagte die rotgesichtige Beagle-Mutti, während eine Chihuahua-Neurotikerin ihr bisschen Hund, dessen fedrige Ohren aus einer pinken Badetasche ragten, mechanisch streichelte.

Sie setzte sich an den äußeren Rand der Stuhlreihe und postierte ihren Katzenkorb neben sich. Ein kurzer Blick durch das Gitter hob ihre Laune. Da drinnen herrschte unveränderte Apathie. Natürlich konnte dieses degenerierte Exemplar nicht Minki oder Mauzi heißen wie eine hundsordinäre Allerweltkatze, sondern horchte auf Alisha. Ein Name, der wie eine hysteriebedingte Migräneattacke klang. „Ihr werdet euch aneinander gewöhnen, ihr zwei Mädels", hatte er gesagt, „gib ihr einfach ein bisschen Zeit." Wenn sie diese Phrase hörte, bekam sie einen mentalen Ausschlag. Zeit geben! Mit dieser Allerweltsfloskel hatte er sie zwei Jahre bei der Stange gehalten. „Du musst ihr Zeit geben, du musst mir Zeit geben, jetzt ist gerade ein besonders ungünstiger Zeitpunkt." Warum eigentlich? Wegen des Yenverfalls, der Erderwärmung, der prekären Saturn-Opposition? Die Unentschlossenheit der Männer, eine Frau, die sie angeblich nicht mehr liebten und schon gar nicht begehrten, zu verlassen, konnte einen an den Rand des Wahnsinns treiben.

Oh Gott, eine Flasche Champagner, wenn der Tierarzt nach der Untersuchung einen Seelsorgerblick aufsetzt und mit einer Überdosis Anteilnahme so was sagt wie: „Es ist besser, wenn wir sie von ihren Qualen erlösen. Wollen Sie noch einen kurzen Augenblick mit ihr allein sein?" Sie würde dann entsprechend zerrüttet nicken und in dem Moment, in dem er das Ordinationszimmer verlassen hatte, Ella ein SMS durchjagen: „Hurra, es ist vollbracht!" Sie konnte Alisha nämlich nicht leiden. Alisha sollte das bloß nicht persönlich nehmen, aber es war einfach so, dass sie wie ein malerisches Mahnmal dafür durch ihre Wohnung geisterte, dass er sie einfach so, quasi aus dem Blauen verlassen hatte. Ohne jede Vorankündigung. Pengg! Weg war. Dabei hatten sie für den Sommer schon Bodrum gebucht. Manchmal nahm sie den Rechnungsausdruck des Reisebüros aus der atompilzgrünen Plastikmappe und betrachtete ihn lange und eingehend. Als ob man durch den langen, intensiven Blick auf das blassgraue Papier die Wirklichkeit wieder zur Vernunft zwingen könnte. Alles, was er zurückgelassen hatte, waren ein paar Klamotten und dieses degenerierte, arrogante Viech. Die Klamotten hatte sie inzwischen in den Humana-Container geworfen. Kurz hatte sie überlegt, Alisha einfach auf die Straße zu setzen. Aber schließlich hatte man einen Ruf zu verlieren. Die war außerdem viel zu durchtrieben, um einfach hundsordinär überfahren zu werden.

„Maunz!" Ein kleines, wimmerndes Geräusch war jetzt durch das Gitter gedrungen. „Halt doch einfach die Klappe und mach es kurz und schmerzlos für uns beide", dachte sie sich. Ein Schwarm vorwurfsvoller Blicke schoss auf sie zu. Die liebenden Hunde- und Katzeneltern fanden es offensichtlich unfassbar, dass sie sich nicht sofort gurrend und zwitschernd zu ihrem Getier beugte. Sie konnte dem Druck nicht standhalten und knurrte: „Gleich, mein Schatz, gleich kommen wir dran!" Nach eineinhalb Stunden rief sie die Sprechstundenhilfe mit den palatschinkengroßen Schweißflecken in der Achselgegend ihres weißen Kittels endlich auf. „Frau Grimmbacher!" Wie auf einem Truppenübungsplatz, in diesem schnarrenden Kommandoton.

Der Veterinärarzt sah sie grenzenlos erschöpft an. Er mobilisierte mit letzter Kraft sein Interesse. Sie öffnete den Gitterkorb. Alisha bewegte sich nicht. Sanft nahm er sie und begann sie bedächtig zu untersuchen – Augen, Rachen, wie bei einem kleinen Menschen. Sie sah ihn hoffnungsvoll an: „Und? Ich denke, bevor sie sich quält, ist es vielleicht das Beste …"

„Es sieht nicht gut aus", sagte Dr. Mouse. So nannte sie ihn insgeheim. Was für ein unerwachsener Beruf eigentlich, Kleintiere am Leben zu erhalten. Das ist ja hier alles fast so lächerlich wie in einem Puppenspital. Ein Felsengebirge plumpste ihr von der Seele. Doch dann fuhr Dr. Mouse mit einem satten Lächeln fort: „Es sieht sehr gut aus. Nichts als eine kleine Erkältung, in ein paar Tagen ist sie wieder am Damm. Ich verschreibe Ihnen Tropfen gegen die Rachenentzündung, die geben Sie einfach ins Futter."

Sie fluchte innerlich, und zwar den ganzen Nachhauseweg. Sie verfluchte den Mann, der ihr diese Katze eingebrockt hatte und dann einfach abgehaut war. Ohne jede Vorankündigung. Drei Wochen nachdem er bei ihr eingezogen war. Zwei Jahre nachdem sie auf ihn gewartet hatte. Gfrastsackel, Glücksbetrüger! Sie verfluchte das Idiotenvieh, das sie jeden Tag an diese Lücke erinnerte. Sie verfluchte den Satz „Wir hätten viel früher aufhören sollen, später zu sagen …“. Den hatte er nahezu geflüstert, als er mit der Katze und einer kleinen, verdrückten Sporttasche plötzlich vor ihrer Tür gestanden war. Und dann wurde im Radio noch Cat Power gespielt. Wenn jemand das Monopol auf die traurigsten Lieder der Welt hatte, dann war das Cat Power. Und zu allem Überfluss regnete es noch in Strömen. Wie in einem ganz schlechten ARD- oder ZDF-Film, auf jeden Fall etwas für die ältere Zielgruppe. Kein Schirm, nichts. Sie öffnete die Heckklappe, nahm den Gitterkäfig heraus und ließ ihn – nicht aus Schwäche, sondern aus perfider Härte – knallhart auf den Boden plumpsen. Ein Schmerzschrei ertönte, die Käfigtür klappte auf und Alisha entschwand tiefgekränkt in die Nacht. „Ja, hau ab, blödes Vieh!“, schrie sie und kramte in der Handtasche nach ihrem Schlüssel. Schlüssel waren wie Männer, wenn man sie wirklich brauchte, waren sie nie da.

Ach, in der Jacke. Sie ließ den Käfig auf der Straße stehen, in der Hoffnung, dass ihr dieser symbolische Akt zu einem Neustart verhelfen könnte. Wenn nicht morgen, dann übermorgen oder vielleicht wenigstens nächste Woche. Als sie am Türschloss nestelte, hörte sie Ella drinnen auf ihren Anrufbeantworter quaken: „Ist die Operation gelungen? Wollen wir deine neue Freiheit feiern?" „Vergiss es!", schrie sie wie ein verwundetes Tier und ließ sich im Vorzimmer die Wand entlang langsam hinuntergleiten, bis sie festen Boden unter ihrem Hintern verspürte. Und dann heulte sie los. Schleusenöffnung volle Kraft voraus. Und sah auf die Parte, die noch immer an ihrem Spiegel klebte. „Viel zu früh von uns gegangen … in Liebe deine Else …"

Die verlassene Else hatte noch einmal den Trumpf in die Hand bekommen, als Haupttrauernde aufzutreten. Es war ihr offensichtlich egal, dass die Sporttasche ihres Mannes die letzten Wochen vor seinem Tod woanders gewohnt hatte. Ihr Körper bebte. Und plötzlich spürte sie eine kalte, kleine Nase an ihrer Wange. Maunz. Die kalte, kleine Nase rieb an ihrer Wange. „Die g'hört doch zu Ihna, oder net", sagte die notorische Kuchenfresserin aus dem zweiten Stock, die ihre Einsamkeit mit Zucker und Fett zu töten versuchte, „die war nämlich vor dera Tür." Sie streichelte die Katze. Erstmals. „Irgendwie gehört die offensichtlich zu mir", sagte sie. Und schloss die Tür. Ohne sich zu bedanken.

Mieze Medusa

Miu Miu Miau Miau

Die Wohnung ist zu klein, sogar für eine Verbindung, die ihre Ansprüche ausgelagert und über die ganze Stadt verteilt hat und dabei versucht, systematisch allen ausgetretenen Pfaden aus dem Weg zu gehen. Unsere Statistik: 68,5 m^2 bei schlechter Raumverteilung, Klo im Bad, nur mit einem Fuß betretbarer Balkon, kein Autostellplatz, aber auch kein Auto, Lift immerhin, doch wird der von uns nur mit Lasten benutzt, genauso wie wir eine Station früher aussteigen und nach Hause flanieren, wenn wir die Zeit dafür finden und nicht schon in Eile sind, um noch zu duschen oder einen Aperitif in der kleinen Küche, in der zu selten gekocht wird, zu uns zu nehmen, bevor wir die Tür wieder hinter uns zufallen lassen, den Schlüssel sorgsam umdrehen und redend die Treppen runterlaufen, um unseren Ansprüchen an uns selbst gerecht zu werden und uns bei gehobener Unterhaltung, naja: zu unterhalten.

Zwei Einkommen, kein Kind.

Interessen, auf die Wert zu legen wir uns schuldig sind. Daraus resultiert Gesprächsstoff, der uns auch im Urlaub nicht ausgeht, den wir häufig daheim verbringen, nicht weil wir uns keine Reisen leisten können, wir lieben unsere Stadt und ihre nähere Umgebung und, wie Samuel häufig beiläufig erwähnt, wenn wieder ein Freundespaar von einem besonders exotischen Reiseziel erzählt, es gibt auch in nächster Nähe vieles zu entdecken. Das Angebot und beileibe nicht nur das kulturelle ist so vielfältig, dass wir uns oft wundern, wie jemand überhaupt Zeit findet zu verreisen, nicht wahr, Liebling?

Samuel nennt mich Liebling und meint es.

Mein Lächeln ist ihm Antwort genug.

Prä-Samuel bin ich gerne unterwegs gewesen. Erlebnisse auf meinen Reisen durch Italien, Mexiko, Norwegen, die Tour den Highways entlang auf der Suche nach nordamerikanischen Naturwundern oder auch bei kürzeren Trips nach Jugoslawien oder in die Tschechoslowakei gleich nach der Westöffnung und noch vor dem Zerfall, haben in mir nachgehallt, in mir etwas ausgelöst, das ich Selbstfindung nennen würde, wäre der Begriff nicht genauso abgeschmackt wie meine Reiseziele und -erlebnisse. Mein Leben mit Samuel hat mich verändert, hat meinen Geschmack verfeinert, nicht weil er mich etwa seinen Ansprüchen anpassen wollte, mir seine Parameter auf einem Silbertablett serviert hätte, nicht ich hab mich an seinen Lebensstil angeglichen, wir haben gemeinsam in mühevoller Schürfarbeit, in einem nicht enden wollenden Prozess von Versuch und Irrtum die Juwelen unseres Wohnraums, der sich ja nicht auf 68,5 m² begrenzen lässt, sondern zu dem unsere Umgebung und ihr Angebot und wirklich nicht nur das kulturelle ganz selbstverständlich gezählt werden müssen, sorgsam gehoben, betrachtet, besprochen und für wert befunden, haben gemeinsam einen Lebensstil aus uns herausgeschält, der uns gerecht wird und uns die Art Glück beschert, die auch dauerhaft und auf Langstrecke funktioniert. Ohne Atemlosigkeit, ohne Haareraufen und schlechte Frisuren, ohne Drama und ohne Aufgeregtheit, aber mit einem guten Whiskey nach einem ausgezeichneten Essen nach einem Tag im Büro.

Wollte ich verreisen, ich könnte, allerdings habe ich mich so an mein Leben mit Samuel gewöhnt, dass jeder Tag ohne ihn sich mir als ein Tag mit einem Minusposten präsentiert, den er, der Tag, erst wieder wettmachen muss, was in einer Stadt oder in einem Landstrich, wo man Gefahr läuft, in Touristenfallen zu tappen, Mittelmäßiges zu essen und, als Alleinreisende besonders häufig, Belangloses zu reden und zu hören zu bekommen, sich wirklich einfacher darstellt, als es dann tatsächlich zu bewerkstelligen ist.

Für Samuel kommt eine Reise kaum in Frage: Wir lassen ihn ja so schon häufig, vielleicht zu oft allein, murmelt er und betont, *sotto voce*, dass er mir keine Steine in die Reiseroute, jederzeit auf eigene Faust, gelegentlich eine Ansichtskarte und hier auf mich warten: Sieh es als liebenswerten Spleen, dass ich so mit unserer Umgebung, mit der Wohnung, mit meinem Fuß auf dem Balkon verhaftet bin.

Ich liebe dich, sage ich zu Samuel und meine es so.

Aber die Wohnung ist zu klein.

Samuels Spleen heißt Julius, wie in Julius Tyrannius Caesar, und ist eine in die Jahre gekommene Chartreux, ein Erbstück seiner Mutter, genau wie die zu kleine Wohnung und der echte Gottfried Mind, der über dem Wohnzimmersofa hängt. Es sagt etwas über Samuels Mutter aus, dass der Besitz einer Rassekatze und eines echten Gottfried Minds Priorität gegenüber vergrößertem Wohnraum gehabt hat. Aber da Samuels Mutter schon Jahre bevor ich in Samuels Leben und seine Wohnung getreten bin, diese verlassen und ihr endgültiges Domizil im Wiener Zentralfriedhof, Sektor x, Reihe y, gleich neben Herrn Soundso und Familie Soundso, bezogen hat, muss ich dazu nichts mehr sagen.

Es wäre falsch zu behaupten, ich könne mit Katzen

nichts anfangen. Ich war es immerhin, die neulich in der Albertina den schwarzen Ölfarbenklecks zu Füßen der nackten Frau sofort als liebevoll spielerisches Wollknäuel identifiziert hat, während Samuel sein Augenmerk noch nicht vom Bildzentrum, also der Körpermitte des Pablo Picasso inspiriert habenden Modells gelöst hatte. Ich war es doch, die wortreich und mit durchdachter Syntax die Ausgewogenheit der Komposition von Franz Marc gelobt hat, dem es gelungen ist, fast ohne die katzischen Begebenheiten, ohne die faktische Körpersprachlichkeit dieser eleganten Tiere außer Acht zu lassen, deren Kreatürlichkeit in harmonischen Kreisformen so auszudrücken, dass das Auge des Betrachters das Gefühl hat, bei seiner Wanderung über das Bild über zwei schnurrende Katzenkörper zu streicheln. Bei dem Haus im Hintergrund hab ich sofort an Italien gedacht, an die typischen Häuser und Zypressen und an Olivenöl und daran, wie gut es einer Katze dort doch ginge. Bei genauerer Betrachtung allerdings habe ich mir eingestehen müssen, dass das Haus seine Linien eher bei einem aus der Not ein Dogma machenden Nachkriegsbau, wie sie in allen möglichen lichtlosen Tälern Österreichs zu finden sind, geborgt hat, keine Schnörksel, keine Eleganz, kein Savoir Vivre, kein Dolce Vita und mit Sicherheit kein Olivenöl in der Küche, also habe ich diese Beobachtung stillschweigend von der Zungenspitze, auf der sie sich zum Absprung bereit machte, abgezogen.

Ich bewundere an Katzen ihre Samtpfotigkeit und ihren Sinn für die eigene Würde, der manchen Exemplaren zwar abhandenzukommen scheint, wenn sie um Aufmerksamkeit oder Futter betteln, Julius aber nie. Es ist undenkbar, dass Julius sich vor uns auf den Rücken würfe und seinen Bauch präsentierte, der sich farblich kein bisschen von seinem graublauen Rücken unterscheidet. Julius steht sicher und fest auf seinen Samtpfoten, um ihn streicheln zu dürfen, muss man stillsitzen, sich bereit machen und ganz auf ihn konzentrieren, wiederholt eine Einladung aussprechen. Ich muss gestehen, ich vergesse da gelegentlich darauf. Und dann sitzt Julius also wieder auf Samuels Schoß, wenn wir uns doch einmal dazu entschließen, daheim zu bleiben. Wir sitzen auf dem Sofa unter dem Gottfried Mind, haben unseren jeweiligen Kleiderschränken einen frischgewaschenen Leisure Suit entnommen und sind ganz auf das Hörspiel konzentriert, dass wir neulich im Ö1-Shop erstanden haben und über das wir uns danach bei einem Glas Rotwein, der auf der Anrichte schon zu atmen begonnen hat, unterhalten werden, und auf uns.

Samuel hört aufmerksam zu, scheint sich im Kopf Notizen zu machen zu den Sprechern und der Musik und den Pausen und dem Schnitt. Immer wieder sucht er meinen Blick, lächelt mir Zufriedenheit in die Augen und seine Präsenz füllt das Zimmer. Und doch haben sich seine Hände scheinbar von ihm abgekoppelt, fahren über Julius' Rückenhaare manchmal mit dem, manchmal gegen den Strich, was Julius T. Caesar bei mir natürlich auch dann nicht duldet, wenn er sich doch einmal auf meinen Schoß verirrt hat.

Julius hat mich und meine Rolle in der Wohnung ohne großes Miauen akzeptiert, was vor allem für Samuel eine große Erleichterung gewesen sein muss. Ich bin mir nicht sicher, ob unsere friedliche Kohabitation, unsere harmonische Ménage-à-trois auf 68,5 m^2, nicht auch deshalb funktioniert, weil ich unaufdringlich dafür sorge, dass Samuels und mein Interesse an wohnungsexternen Zeitvertreiben nicht erlischt. Wie gesagt, die Wohnung ist zu klein.

Und dann schrumpft sie.

Es beginnt damit, dass Samuel einer Dienstreise auch mit einiger Anstrengung nicht aus dem Weg gehen kann. Er müsse nach Brüssel, sagt er und lächelt lieb, als ich ihn mit versteckten Hinweisen auf meine ausgeprägte Vorliebe für Bier, Comics und Waffeln dazu bringen will, sein Einzelzimmer auf ein Doppelzimmer upzugraden. Hast du überhaupt einen gültigen Pass, frage ich noch. Ich habe einen. Samuel wirft mir einen Blick zu, der sagt, aber natürlich, Liebling! Nur meint er es nicht, dieses Liebling, und es stimmt noch nicht mal, das andere, denn kurz darauf dreht er sich um, kramt in seinem Schreibtisch und murmelt: Mist.

Sonntagmittag fällt schließlich die Tür hinter Samuel ins Schloss, sein Abschiedskuss hat meiner Verärgerung über das Daheimbleiben einiges an Boden unter den Füßen entzogen oder vielleicht auch das Gegenteil, hat meine Verstimmung über mein Zurückgelassenwerden mit einem flauschigen Teppich unterlegt, auf den ich mich weich betten kann, wenn meine Knie sich schon so unnütz in Gummi verwandeln. Natürlich ist so ein Teppich ein besonderer Speicher für Katzenhaare und was auch immer auf diesen rumkrabbelt und ungeniert exkrementiert, was bei mir zu häufigem Niesen, lästigen Hautrötungen und genereller Unpässlichkeit führt. Habe ich meine Katzenallergie bisher noch nicht erwähnt? Das muss mir entfallen sein, so wie es mir bei Samuel immer wieder von der Zunge weggehüpft ist, bis es schließlich zu spät für Geständnisse war und ich mir stillschweigend vom Arzt Cetirizin geben hab lassen und einen Asthmaspray für Notfälle, damit komme ich jetzt an und für sich ganz gut zurecht.

Trotzdem fühle ich mich, als ich die Augen nach Samuels Kuss wieder öffne, erstaunlich deplatziert. Meine Stirn ruht an der Eingangstür, als ich mich umdrehe, erscheint mir unser Wohnraum mysteriös geschrumpft, verschoben und diffus aus den Fugen geraten zu sein. Ich spüre eine Bewegung, Julius streicht an meinen Beinen entlang, wie er es sonst bei Samuel tut. Jetzt sind wir also zu zweit, flüstere ich in seine Richtung. Julius' bernsteinfarbene Augen glühen mich unverwandt an. Ich fühle mich unbehaglich, frage mich, ob unsere Wohnung immer so eine kleine, rätselhafte Verschiebung mitmacht, wenn Samuel und ich die Tür hinter uns zufallen lassen. Dann gehe ich in die Küche, schenke mir nachdenklich ein Glas Weißwein ein, der im Kühlschrank auf ideale Temperatur gebracht auf mich wartet. Ich sortiere ein paar Briefkuverts, die ich am nächsten Tag zur Post bringen will, taste im Gefrierfach nach einem Eiswürfel, den ich mir gegen mein Handgelenk drücke, danach an meine Stirn. Die Tage bis zu Samuels Rückkehr werden schnell vorbeigehen. Ich werde kaum bemerkt haben, wie wahnsinnig ich ihn vermisse, da werde ich schon seinen Schlüssel im

Schloss hören. Ich seufze, mache die Augen auf und will ins Bad gehen, stolpere stattdessen über Julius, der sich von mir unbemerkt wenige Zentimeter von meinem Fuß auf den Fließen niedergelassen hat, und kann mich gerade noch am Esstisch abfangen. Der Eiswürfel fällt zu Boden und zerspringt. Julius leckt interessiert über die Stücke. Himmel, Julius, du hast mich erschreckt. Ich gehe ins Schlafzimmer, um im Kleiderschrank nach einem Outfit für den nächsten Tag zu fahnden, Julius folgt mir bei Fuß. Ich gehe zurück in die Küche, um mir ein Joghurt aus dem Kühlschrank zu nehmen, Julius sitzt erwartungsvoll in der Nähe seines Futternapfes. Ich öffne die Schranktüren, um den Fernseher aus seiner Vertiefung zu ziehen, Julius liegt zusammengerollt auf der Fernbedienung. Ich begebe mich ins Bad, um meiner Haut die Pflege angedeihen zu lassen, die sie verstärkt zu brauchen scheint, Julius wandert mir hinterher. Er verlässt das Bad auch nicht, als ich Anstalten mache, mich auf die Toilette zu setzen. Im Gegenteil, er macht es sich in der Duschtasse gemütlich und beobachtet mich mit seinen unergründlichen, bernsteingerahmten, schwarzen Schlitzen. Mir geht das auf die Nerven und schlicht zu weit.

Haben Sie schon mal eine Katze jammern gehört? 68,5 m² sind zu klein für zwei Erwachsene und eine eigensinnige Karthäuserkatze, sie werden auch nicht größer, wenn einer der beiden Erwachsenen die Tür hinter sich zufallen lässt und sich auf eine Dienstreise begibt. Seiner Maunzlautstärke nach zu urteilen, setzt Julius den Rauswurf aus dem Badezimmer mit der Vertreibung aus dem Paradies gleich. Sein zorniges, ich wage zu sagen: kätzerisches Wehklagen hätte Steine erweichen können, mein Glück nur, dass mein Herz sich aus anderen Materialien zusammensetzt, aus Muskeln und Blut und aus meiner Liebe zu Samuel. Aber da sind natürlich noch die Herzen der Nachbarn, die man in Betracht ziehen muss. Also widerstehe ich der Versuchung, verzichte auf ein besonders langwieriges großes Geschäft, wasche mir die Hände und öffne die Tür. Julius stellt sein Klagekonzert zögernd ein oder nimmt zumindest die Lautstärke etwas zurück. Die Haare leicht gesträubt, den Schwanz ruckartig hin und her bewegend, setzt er die schieferfarbenen Pfoten mit Bedacht und folgt mir in die Küche, in der ich ihm sein Abendessen aus geriebenem Gemüse und einer Packung Sheba Lachs wie ein Friedensangebot präsentiere. Als ich ein kleines Fläschchen aus meiner Tasche ziehe, von dem ich so schnell gar nicht zu sagen wüsste, wie es in meinen Besitz gekommen ist, und am Verschluss zu drehen beginne, legt die alte Chartreux ihre Reserviertheit ab, krallt ganz unvornehm die Vorderbeine in meine flauschigen Trainingshosen und in die Haut darunter und zeigt insgesamt ein verstärktes Interesse an meiner Person. Als Julius zufrieden das mit Karotten vermengte Fertigfutter kaut, schleiche ich aus der Küche zurück ins Wohnzimmer, achte darauf, dass die Tür ins Bad geöffnet bleibt, die zum Wohnzimmer aber fest geschlossen ist, und mache es mir in eine flauschige Decke gewickelt vor dem Fernseher bequem. Dem Friedensangebot habe ich noch einige Baldriantropfen beigemengt, ich habe gelesen, dass Baldrian zwar einerseits sexuell stimulierend auf Katzen wirkt, dann aber zu Müdigkeit und Beruhigung führt. Julius, davon gehe ich aus, ohne Samuels Mutter jemals kennengelernt zu haben, ist kastriert. Was soll da schon passieren? Zur Sicherheit setze ich Kopfhörer auf und gebe mich, ein sündiges Vergnügen, ganz einer Folge Tatort hin. Zum ersten Mal seit langer Zeit habe ich das Gefühl, allein zu sein in der Wohnung, in diesen von Samuel und mir und von Julius bewohnten 68,5 m^2.

Es geht uns gut, flüstere ich am nächsten Vormittag beim Frühstück in den Telefonhörer. Wir erzählen uns gegenseitig, was wir in der Zeitung gelesen haben, Samuel zudem von seinem Flug, von seinem Hotel und von den bevorstehenden Treffen. Es ist nur, sage ich kurz vor dem Auflegen, Julius scheint dich sehr zu vermissen, er hat sich etwas eigenartig benommen, aber das legt sich sicher und du bist ja bald wieder da.

Ich liebe dich, sagte Samuel, und ich bin mir sicher, er meint es.

Ich drücke den Unterbrechungsknopf und lege das Telefon zurück, sehe mich stirnrunzelnd um. Julius hat ganze Arbeit geleistet, und das, vom Zustand der Zerstörung her zu schließen, die ganze Nacht lang. Ich finde keine Erklärung dafür, wie ich nichts davon gehört haben kann, zwar bin ich schon während der Serie eingeschlafen und irgendwann gegen Mitternacht mit steifem Kreuz vom Sofa ins Schlafzimmer gekrochen und traumlos eingeschlafen. Katzen sind nachtaktiv, aber Aktivität allein kann das Vorzimmer unmöglich in so ein Schlachtfeld verwandelt haben. Die Tapete wurde von den Wänden gekratzt, der Inhalt des Schuhregals liegt auf dem Boden verstreut vor meinen Füßen, einige Paare zeigen deutliche Bissspuren. Es riecht streng, obwohl das Katzenklo im Bad ja einfach erreichbar gewesen ist und Julius eigentlich eine vorbildliche Körper- und Wohnungshygiene betreibt. Julius liegt zusammengerollt in der Duschtasse und gibt vor zu schlafen. Ein Blick auf die Uhr überzeugt mich davon, dass ich meine flexible Gleitzeit heute über Gebühr beanspruchen werde. Ich suche zwischen den einzelnen Schuhen ein passendes Paar raus und bemerke erneut stirnrunzelnd, dass ausschließlich meine Schuhe in Mitleidenschaft gezogen sind, Samuels liegen zwar am Boden, zeigen aber keinerlei Spuren von Julius' Vandalismus. Und noch etwas fällt mir auf: Stöckelschuhe, aber nur die mit dünnem, über fünf Zentimeter hohem Absatz, hat der Kater ebenfalls verschont. Nehme ich heute also den Lift. Natürlich treffe ich dort auf unsere Nachbarin. Haben Sie Gäste gehabt, gestern?, fragt sie schließlich. Ich lächele sie an: Ich hoffe, wir waren nicht allzu laut.

Sieben Stunden später versuche ich das unangenehme Gefühl in meinem Inneren zu ignorieren und den Mut aufzubringen, den Schlüssel ins Schloss der Wohnungstür zu schieben, umzudrehen und die Wohnung zu betreten, als hätte sich nichts Außergewöhnliches zugetragen. Ich lege das Ohr gegen die Tür, nichts dringt aus dem Dahinter zu mir. Das Geräusch des sich im

Schloss drehenden Schlüssels klingt beruhigend und verführerisch wie immer. Das Vorzimmer wirkt so, wie in der Früh zurückgelassen, von Julius ist nichts zu sehen. Ich habe sein Frühstück vergessen, schießt es mir durch den Kopf, aber eigentlich hat er sich nach seinem Verhalten in der Nacht davor auch keines verdient gehabt. Auf meinem schnellen Kontrollgang durch die Wohnung finde ich die Katze schließlich, eingerollt, scheinbar schlafend, gelegentlich mit den Krallen einen Faden aus meiner Lieblingsflauschdecke ziehend, unter dem echten Gottfried Mind. Julius rührt sich nicht, als ich durchs Wohnzimmer ins Schlafzimmer gehe, auf der Suche nach neuen Sachbeschädigungen und nach einem sicheren Platz für meine Schuhe und die Kleidung, die ich trage. Ich kann keine weiteren Spuren von Julius' Unwillen entdecken, nicht im Schlafzimmer, nicht im Bad, nicht in der Küche und auch im Vorzimmer ist alles, wie ich es in der Früh verlassen habe: beschädigt, besudelt und zerkaut. Der Speichel und die Pisse sind eingetrocknet, nichts weist darauf hin, dass Julius den Tag anders als auf Futter wartend auf dem Sofa verbracht hat. Und doch traue ich dem Frieden nicht.

In der Küche richte ich mir ein schnelles Abendmahl zurecht, einige Oliven, Käse, Brot, mehr brauche ich nicht, das Glas Weißwein verkneife ich mir. Ich werde auf eine Vernissage gehen, erwarte dort Freunde zu treffen, ich werde nicht umhinkönnen, mit einigen auf diese oder jene Begebenheit anzustoßen. Ich freue mich auf den Abend, habe vor mein neues Miu-Miu-Kleid zu tragen, das ich mir als Trostpflaster für die mir verwehrt bleibende Brüsselreise gekauft habe. Eine subtile Rache an Samuel, vor allem da er das Kleid erst sehen wird, wenn er von seinem Trip zurückkehrt, einige Freunde werden mich schon bewundert, einige Unbekannte werden sich schon im Ausstellungsraum nach mir umgedreht, vielleicht die Bildbetrachtungsabfolge geändert haben, um in meiner Nähe durch die Räumlichkeiten der Galerie zu gehen. Die dazu passenden Stöckelschuhe haben die Nacht ja unbeschadet überlebt. Plötzlich sehe ich Julius in der Tür stehen, so still wie er sich mir genähert hat, blickt er mit schiefgelegtem Kopf in meine Richtung, erwägt möglicherweise auf den Tisch zu springen, um mich so an meine Pflichten als seine Ernährerin zu erinnern. Plötzlich tut er mir leid. Er muss Hunger haben, seine Ausfälligkeit in der Nacht davor war ja wohl kaum seine Schuld, womöglich habe ich mich in Bezug auf das Baldrian einfach getäuscht. Ich würde am Wochenende die Tapete abkratzen und das Vorzimmer neu streichen, Samuel würde sich hüten allzu genau nach den Beweggründen zu fragen, es gibt keinen Grund das Abkommen zwischen uns drei wegen ein paar eingespeichelter Schuhpaare zu gefährden. Ich stehe also auf, fülle Julius' Fressnapf, frisches Wasser in die Schüssel daneben. Julius nimmt ein paar gelangweilte Bissen, er fällt so gut wie nie mit Heißhunger über sein Fressen her, Essen sollte man eigentlich sagen in Anbetracht der manierlichen Kau- und der gründlichen Putzbewegungen danach. Ich mache mich auf den Weg ins Bad, dusche genüsslich und da sitzt er schon, Julius, sich putzend auf dem Klodeckel, mich aus seinen gleichgültigen Augen betrachtend. Im Gegensatz zum Abend davor ist mir dieser Blick, der ohne Kontaktaufnahme über meinen Körper gleitet, nicht unangenehm, ich verteile verschiedene Cremes an verschiedenen Orten, halte mich eine Spur aufrechter, so als ob Samuel neben mir stünde, der aber in unserem kleinen Bad gar keinen Platz gefunden hätte, die Wohnung ist zu kein, so als ob es mir vor den betrachtenden Augen Samuels peinlich wäre, dass die Haut über meinem Bauch Falten schlägt. Ich schminke mich, spaziere immer noch nackt und aus den Augenwinkeln Julius' Schatten beobachtend, der sich geschmeidig an der Wand entlangschiebt, ins Schlafzimmer, wähle besonders schöne Unterwäsche, schlüpfe in das anthrazitfarbene Kleid von Miu Miu, suche mein Spiegelbild, suche in der silbrigen Oberfläche mich und mein Kleid und in einem Eck in der Tür stehend: Julius. Julius, der mich betrachtet. Julius, der mir um die Füße schmeichelt. Julius, der mich nicht aus den Augen verliert, als ich meine Stöckelschuhe anziehe. Julius, der leise maunzt, als ich die Tür hinter mir ins Schloss fallen lasse.

Julius, der mich erwartet, als ich vorsichtig die Tür wieder aufziehe, einige Stunden später, das Lachen der Freunde noch im Ohr, das etwas kreischende von Sam, die sich wie immer ein paar Gläser zu viel an der Bar holt und um Ende den Namen des anwesenden Künstlers mit einem anderen vertauscht, als sie ihm ein Kompliment machen will, das hysterische von Ernst, der sich die Brille auf der Nase zurückschiebt und euphorisch von seiner neuen Flamme erzählt, obwohl der Besprochene sich gerade mal ein paar Schritte von uns entfernt hat, das leise Glucksen von Bert, der fast gar nichts sagt und deshalb in den Ruf gekommen ist, ein guter Zuhörer zu sein, das tonlose Lachen von Susanne, die seit einigen Monaten wirklich nicht sie selber ist, und mein Lachen, als mich der Maler zur Seite nimmt und mich wegzieht, der Maler, der mich an Julius erinnert, mit seinem teilnahmslos beobachtenden

Blick, mit seinen langsamen Bewegungen und seinem Talent, mir unbemerkt zwischen die Beine zu kommen.

Und wirklich höre ich Samuels Schlüssel sich im Schloss umdrehen, bevor ich so richtig Gelegenheit gehabt habe, mir darüber klar zu werden, wie sehr ich ihn vermisse. Das ganze Wochenende bringen Julius und ich keine Zeit dafür auf, uns um die Tapete im Vorzimmer zu kümmern. Die Schuhe haben wir in eine Ecke geschoben, wir haben es uns auf dem Sofa unter dem Gottfried Mind gemütlich gemacht und ein bisschen darauf gewartet, dass der Maler anruft. Wir lassen den Fernseher laufen, stärken uns mit den Vorräten aus der Küche oder bestellen über Telefonnummern, die ich erst im Internet in Erfahrung bringen muss, Pizza und eine Portion Schinken und Tunfisch als Beilage. Julius folgt mir auf meinen Mikrowegen vom Schlaf- ins Wohnzimmer, in die Küche und ins Bad. Ich trage das neue Kleid, verzichte auf die Bequemlichkeit eines Leisure Suits zugunsten des sanften Schmeichelns des Anthrazitstoffs und weil ich finde, dass das Kleid so gut zu Julius' Fell passt. Julius findet an meinem Miu-Miu-Ich Gefallen, er verfolgt die Lichtspiele auf der Seide, er nestelt sich in meine Arme, schnurrt vor Behagen, wenn ich sein Fell mit oder gegen den Strich bürste. Irgendwann, draußen ist es dunkel, wache ich davon auf, dass Julius auf meinem Oberkörper steht und mit festen Trittbewegungen meinen Brustkorb massiert. Es tut weh. Sein Blick, sein sonst so gleichgültiger Blick aus bernsteinfarbenen Augen, ist fokussiert, ist intensiv auf mich gerichtet. Seine Krallen ziehen Fäden aus dem Kleid, meinen BH habe ich schon vor Stunden unter dem Kleid hervorgenestelt, jetzt habe ich Angst vor tiefen Kratzspuren auf meiner Haut, fühle mich aber gleichzeitig von diesem Blick fixiert. Und jetzt also das Geräusch eines Schlüssels, der sich im Schloss dreht. Und jetzt also das Geräusch von einer Tür, die sich öffnet, von einem überraschten Einatmen, als die Tür auf Widerstand stößt, wahrscheinlich, weil sich ein paar Paare Schuhe zwischen sie und die Wand geschoben haben. Was ist denn hier passiert, höre ich Samuel rufen. Julius öffnet die Augen und blinzelt träge. Es ist hell, es muss also Sonntagvormittag oder -mittag sein, ich habe Samuel nicht so früh erwartet, doch jetzt steht er im Wohnzimmer, wirft einen Blick auf den Fernseher, der tonlos vor sich hin flimmert, wirft einen Blick auf die am Boden liegenden Pizzakartons, wirft einen Blick auf Julius und schließlich auf mich. Was ist denn hier passiert?

Ich richte mich auf und versuche mich an einem Lächeln. Mir wird bewusst, dass ich keinen BH trage, mir ist klar, dass ich ein Kleid trage, dass einige in der Galerie, nicht zuletzt der anwesende Künstler, als suggestiv bezeichnet haben, mir wird nach einem Blick aber auch klar, dass die Seide durch Julius' Behandlung einiges ihrer Pracht eingebüßt hat. Ich versuche mich nochmals und diesmal mit mehr Enthusiasmus an einem Lächeln. Ich glaube, sage ich, Julius hat die Tapete im Vorzimmer nicht so gut gefallen, wie wir gedacht haben. Samuel steht abwartend im Raum, er scheint darauf zu warten, dass ich oder, schießt es mir plötzlich durch den Kopf, dass Julius sich auf ihn zubewegt, dass wir ihn willkommen heißen. Julius liegt ruhig neben mir, seine Lungen bewegen seinen Körper, seine Augen öffnen und schließen sich langsam ohne große Absicht, sie öffnen und schließen sich mit seiner Atmung. Also stehe ich auf, mache ein paar Schritte auf Samuel zu, der seinen verwirrten Blick nicht von seiner gleichgültigen Katze losreißen kann, und gebe ihm einen Kuss. Wir haben dich vermisst, Liebling, sag ich zu ihm und meine es.

Jutta Winkelmann und Gisela Getty

Unter dem Cherrybaum

Wie weit entfernt
ist vom Getue des Erdenlebens
der Baum der Wildkirsche?
Furumaro
(Für V. P.)

Irgendwann taten sich die Mauern auf, dahinter lagen die zerstörten Häuser. Es waren einmal herrschaftliche Villen gewesen, zu einer Zeit, als ich meine Schwester unter dem Kirschbaum in unserem Garten spielen sah. Das war vor dem Tod der Mutter und auch dem der Geschwister, damals, als wir noch wussten, woher wir gekommen waren. Den Vater hatten wir nie gesehen.

Unsere grünen Augen begegneten sich, JuHuli sprach zu mir, ohne dass ein Laut zu vernehmen war. So war es immer. Wir konnten unsere Gedanken lesen. Unfehlbar, dadurch waren wir im Laufe der Zeit auch hellsichtig geworden. Es war nur ein Wort, aber ich hörte es klar: „Unendlichkeit".

Unser Atem geht schnell, wir laufen durch die Ruinen, immer nah zusammen, eine Mauer schimmert fast golden, sie ist nass. Die Rohre in der Decke sind geplatzt, schmutziges Wasser tropft durch die geborstene Decke, läuft die Wände hinunter, in breite Lachen, in denen sich dunkel unser Blut mischt. Der Kampf war ungleich gewesen. Über hundert Hàozis hatten auf uns gewartet und obwohl wir wussten, was auf uns zukam, war der Überfall heftig und überraschend gewesen. Wir bleiben stehen, ich lecke meine Wunde, was bleibt mir sonst übrig. Ich weiß, ich muss den Blutverlust anhalten. Ich schaue zu JuHuli. Sie kauert vor einer Lache, schmal und zerbrechlich. Ich weiß, dass man sich von diesem Eindruck nicht täuschen lassen darf, sie ist immer zum Angriff bereit. Die schmalen leuchtenden Augen sind überwach. Plötzlich sehe ich die Bilder wieder – ineinanderwebende, sich ständig verändernde Szenen. Manchmal von intensiver, dunkel leuchtender Wirklichkeit, ich strauchele, versuche mich im Beton festzukrallen, eh ich mich erinnere, dass es wieder diese eingebrannten Bilder sind: ein Mann, seine Handsehnen sind zerschnitten, die Beine verdreht, die Füße wie die einer Geisha, verkümmert und wund. Die Augen ausgestochen und plump wieder in die Höhlen hineingedrückt, so hat er zwar noch Augen, aber sie sehen nichts mehr, sehen nicht ihr Gesicht, ihren Kampf zwischen Gleichgültigkeit und Entsetzen. Damals hatte ich nächtelang geschrien, ich konnte nicht weinen. Dann diese Andere, fast wie ein Spiegelbild, wieder begegnen sich unsere Augen. Wir sind es.

Ich bewege mich schnell, kann diese Bilder nicht mehr sehen, nicht jetzt. JuHuli ist noch schwerer verwundet, aber sie steht auf und kommt auf mich zu: „Wir müssen weiter, noch haben wir ihn nicht gefunden." Ich sehe die schwere Wunde an ihrem Schulterblatt, kann den Knochen sehen.

Da ist noch ein anderes Geräusch, neben dem Tropfen des Wassers, neben unserem pfeifenden Atem. Wir bleiben unvermittelt still stehen, lauschen gemeinsam. Das ermöglicht es uns, noch das leiseste Geräusch wahrzunehmen. Aber diesmal höre ich nichts. Ich muss mich wach halten. Darf nicht abdriften. Verdammt, kann GiHuli jetzt nicht den *backview* lassen? Sie zieht mich mit in die Vergangenheit. Ich darf nicht abtauchen, das könnte tödlich sein. Unter den Hàozis war einer, der sich eingeschleust hatte. Es war mir ziemlich schnell klar, dass er nicht zu ihnen gehörte. Er war größer, er hätte mich tatsächlich töten können. Ich habe ihn verletzt, aber ich hätte ihn töten können. Er kam mir irgendwie bekannt vor, aber ich weiß nicht, wer er ist, noch was er bei den Hàozis sucht. Die Hàozis können gefährlich sein. Wir sind ihnen meist überlegen, aber ich bin verwundet. Ich habe die Situation falsch eingeschätzt.

GiHuli schaut unruhig zu mir. Wahrscheinlich ahnt sie, dass die Dunkelheit mich verschlucken kann. Wir müssen es bis zum Schattenkreuz schaffen, erst dort kann ich meine Wunde heilen. Um GiHuli habe ich keine Sorge. Sie blutet zwar stark, aber die Wunde geht nicht tief. Sie ist muskulös und kampferfahren. Ich höre nichts. Kein Laut. Nur unten vom Hafen her die üblichen einsamen Geräusche, die erst die Stille hörbar machen. Ich bin schwerer getroffen, als GiHuli ahnt.

Ich merke, dass sie nicht auf Empfang ist. Aber ich weiß, ein Blick von mir genügt und sie versteht genau, was los ist. Wir müssen unbedingt zum Hafen. Und ich muss weiter zu Daisuke. Wir dürfen jetzt nicht mehr versuchen herauszubekommen, was der Wind flüstert und an Neuigkeiten bringt. Wir müssen sofort zum Schattenkreuz. Ein gemeinsamer Blick, wir fegen die Mauer zurück. Leise fällt Schnee und schenkt den Ruinen eine wunderbare, phosphoreszierende Aura. Weiße Binden auf den Trümmern, die das versteinerte Blut stillen, das dem Krieg folgte, als die ausgemergelten Monas die Stadt aufgeben mussten und sich gegenseitig töteten.

Warum hatte GiHuli mich gerufen und warum war ich gefolgt? Hatte die Erkenntnis unter dem Kirschbaum uns für immer zusammengeführt, so eng, dass ich sogar Theos verlassen hatte? Obwohl wir den Schatz, der uns damals unter den Blüten gegeben wurde, verloren hatten, wusste ich genau, dass wir nicht mit den Hàozis kämpfen mussten, um ihn wieder zu finden. Theos hatte Andeutungen gemacht, wo er liegen könnte, aber ich hatte mich selbst verletzt, so schwer, dass ich mit GiHuli nicht mehr die Stimmen, die hinter den Mauern lagen, wahrnehmen konnte. Sollte ich ihr sagen, dass ich die Erkenntnis schon eher eingebüßt hatte? Dass es nicht der heutige Überfall war.

Aus den Augenwinkeln sehe ich, dass GiHuli noch immer Blut verliert. Wir halten an und schauen uns um. Uns ist niemand gefolgt. Plötzliche Erinnerungsfetzen tauchen auf. Ich sehe noch die Wunde, die ich ihr vor Jahren geschlagen hatte, als ich den Bruch herbeiführen wollte. Sie hatte, wie ich, wild gekämpft, denn sie wusste auch, dass es ein Kampf um Leben oder Tod zwischen uns war. Ihr Ohr war eingerissen und ich konnte in dem grellen Licht ihren Schädel sehen. Ich konnte meine Augen nicht schließen. Sie sah unter dem Blut schön aus, wie eine verwilderte Katze, der man besser nicht im Dunklen begegnen sollte. Man könnte auch sagen, nicht alle Katzen sind in der Dunkelheit grau, sondern zuweilen gefährlich. Da sollte man sich nichts vormachen. Warum ließ sie sich dann von mir fast töten und wollte doch mit auf die Reise gehen, die ich ohne sie antreten wollte? Oder machte ich mir da was vor? Ich war von ihr auch sehr verletzt worden. Ich bin mir an diesem Punkt nie klar. Wahrscheinlich hatte sie Motive, die ich nicht kannte. Vielleicht hat ihre jetzige Kontaktaufnahme etwas damit zu tun. Sie wird es mir nicht leicht machen.

„Du blutest auch viel zu stark“, flüstere ich. Wahrscheinlich ist ihre Wunde doch tiefer. GiHuli sitzt im Schnee und nimmt die Kälte nicht wahr. Die Ruinen treten zurück und die eisigen Stimmen, die von unten aus dem Hafen kommen und wie jede Nacht ihre Lieder der Verlassenheit singen, sind still, nur ganz entfernt hört man ein zartes Wimmern. Ich mag die von der Nacht geschaffene Melancholie nicht, jetzt streift sie mich nur noch leicht, bevor wir uns wieder, ohne zu sprechen, verständigen: der Kampf. Eine Läuterung unserer Seelen. Ich fange an zu zittern. Es ist nicht die Kälte, die dem Schnee seine Poesie raubt. GiHuli will etwas sagen und ich habe Angst davor. Sie schweigt bedeutungsvoll für einige Sekunden. „Du hast mich zerhackt“, faucht sie dann unvermittelt. Ich weiche aus.

Es ist ihre überspitzte Formulierung, die ich mir erst übersetzen muss. Gebiert die Liebe den Mord? Scheint das Licht nur dort, wo der Schatten nicht hinreicht? Warum kommen wir voneinander nicht los, obwohl wir einsame Kämpferinnen sind? Profane Überlegungen, für die jetzt keine Zeit ist. Wir müssen weiter. Die Hàozis werden wiederkommen. Das ist mir völlig klar, und die Waffen werden geschliffen sein. Ich merke ihre Erregung und eine Beschleunigung des Herzens und kann nicht unterscheiden, ob es meine Erregung ist oder ihre, oder meine Freude am Kampf, dem ich immer wieder verfalle. Ich erinnere Daisukes Mahnung, sich niemals von Einbildungen und Selbstüberschätzung blenden zu lassen oder von unbeherrschter Wut. Das Schriftzeichen für Duldsamkeit besteht aus den Teilen „Schwertklinge" und „Geist", und das gilt auch für mich.

Ich wusste, dass ich mich schuldig gemacht hatte, Theos hatte es mir oft gesagt, aber ich wollte es nicht hören. Aber in einem waren wir uns einig, JuHuli konnte ihn nicht verlassen. Nicht so. Sie weiß nicht, dass ich sie schon lange beobachtet habe, wie sie die Wasserlachen als Spiegel benutzt, um Theos zu sehen, sich mit ihm zu verständigen. Sie zittert, aber es ist nicht die Kälte.

Soll ich sie berühren? Es würde wieder Bilder bringen, aber diesmal würden sie mich nicht quälen. Sie liegen weiter zurück und könnten jetzt helfen. Auch sie wird bald sehen, dass unsere gegenseitigen Mordversuche nicht helfen werden, dass es keine Flucht gibt. Ich hatte es versucht, war lange Zeit verschwunden, aber die Stimmen waren nicht verstummt. Ich hatte ihren, meinen Tod ersehnt und war mit einer Karawane der Shigans mitgezogen, verkleidet als eine der ihren hatte ich sie betrogen. Ich lasse jetzt einfach die Bilder kommen, JuHuli wird mir ein Zeichen geben, wenn es Zeit ist zu flüchten.

Als der Shigan mir die winzigen Oblaten hingelegt hatte, versteckte ich sie unter meiner Zunge und brachte sie zu JuHuli. Sie wartete schon darauf. Wie hoch die Dosis sein musste, um den Nebel zu heben, wussten wir beide nicht. Wir mussten es riskieren. Wir hatten nur die eine Nacht, hatten ein Versteck gefunden, unter der Mauer, die vor zweitausend Jahren gebaut worden waren. Noch tiefer unter uns lagen die Katakomben, in denen die Shigans ihre gefährlichen Spiele trieben, nur erreichbar über ein roh zusammengebautes Holzgerüst. Die Shigans würden aufpassen, ihnen konnten wir so weit vertrauen, dass sie uns für diese Nacht Unterschlupf gewähren würden. Oft hatten sie uns geholfen, sie unterstützten uns, waren voller Ahnungen und Sehnsüchte, ohne irgendetwas zu wissen oder sich zu erinnern. Sie sind gejagt, eine Minderheit, aber sie schaden den Hàozis mit kleinen subversiven Attacken. Sie sind nicht frei. Sie müssen dem letzten Dashou dienen und werden von ihm kontrolliert, aber sind eigentlich Partisanen.

Das Gift läuft durch meine Adern, ich sehe durch die transparente Haut feine Silberfäden, pulsierende Nanokugeln, die sich selbst erschaffen, mitgetragen durch den jetzt immer heller werdenden und bläulich schimmernden Blutfluss. Wir hatten uns auf je sechs Oblaten geeinigt, dies erschien uns genug und nicht tödlich. Wo die Grenze lag, das würden wir sehen. Ich muss kotzen, es ist nur heller Schleim. Gegessen hatten wir schon seit Wochen nichts mehr. Und dann sehe ich sie, unbeweglich und still sitzt sie auf einem Leopardenfell … jedes einzelne Haar mit dunkelblauen Leben erfüllt. Als ich genauer hinschaue, sehe ich, dass es kein Fell ist, auf dem sie sitzt, es ist ein Muster und es bewegt sich. Wörter, Zeichen erscheinen in pulsierendem Licht. Sie dreht ihren Kopf zu mir und schaut mich an, ihre Augen sind tief. Da trifft es mich. Eine Erschütterung von Liebe und Ehrfurcht rast durch mein System, ich weiß nicht, wer mich anschaut und wer schaut. Kleine Lichtstrahlen kommen aus jeder Pore und bilden einen schimmernden Schirm um ihren leuchtenden Körper. Die engen bedrückenden Wände der Höhle haben sich in eine weite Dunkelheit ausgedehnt. Das Klopfen meines Herzens. Ich krieche auf sie zu, unsere geschmeidigen Körper lösen sich auf, die Lichtstrahlen werden stärker und heller. Ich höre einen Atem, der sich zu einem alles durchschwingenden Ton ausdehnt … dann verliere ich das Bewusstsein. Ich kann mich nur noch erinnern, dass JuHuli und ich ineinander verkeilt die Holztreppe hinunterfallen, die in die Katakomben führt. Mein Kopf schlägt auf, ich spüre es nur entfernt, ich sehe die erschrockenen Augen der Shigans, sehe Liebe mit Angst verschmolzen in ihren weiten Pupillen. Ihre Waffen liegen unberührt auf den Steinsockeln. Die Wände der Katakomben sind mit roten und neongrünen Bildern bemalt, auch sie bewegen sich in dem pulsierenden Rhythmus, wieder kommen geheimnisvolle Zeichen aus ihnen, die ich nicht erkennen oder deuten kann: Plötzlich werden sie von einem Feuer verschluckt, die Wände brennen, mein Blick trübt sich … ich erkenne nichts mehr.

Ich erwache von dem Gestank von Erbrochenem. Meine Glieder schmerzen. JuHuli liegt zusammengekauert neben mir, die Shigans müssen uns wieder in die Mauerhöhle gebracht haben. Sie haben einen Teppich über uns gedeckt, damit wir nicht erfrieren, und sind verschwunden.

Jetzt spüre ich die Kälte und komme ganz zu mir, die Bilder sind so stark gewesen, dass sie sich wieder mit der Gegenwart vermischt hatten.

Aus der Entfernung höre ich schwach JuHulis Gedanken: „Du blutest viel zu stark." Sie holen mich in die Gegenwart zurück. Ich wusste, das würde vorübergehen, aber das Andere nie wieder. Dann spüre ich, dass sie mich verlässt.

Der Himmel sieht aus wie verschmiertes Blut auf einem dreckigen Laken. So, als blutete er das Gift aus, das die Stadt ihm Tag für Tag entgegendampft – die Apokalypse, die er verkündet, wird in den nächsten Stunden eintreffen, denke ich. Dabei hatte sie schon stattgefunden. Vielleicht ist es mein schlechtes Gewissen. Ich weiß nicht, ob ich es rechtzeitig bis zum Schattenkreuz schaffe. Gleich wird die Sonne untergehen, dann wird das Blut schwarz. „Ich komme zu spät", sage ich zu Daisuke, der mich aus seinen schrägen, ernsthaften Augen anblickt. Eigentlich nenne ich ihn sonst Seppuko, weil er kaum eine Nacht schläft und still am Fenster sitzt und in die Dunkelheit hinausschaut, als warte er auf ein geheimes Zeichen. Er sitzt dann da so ungerührt und ernst, als wolle er sich für seinen Herrn entleiben. Ich krabbele dann auf ihn zu und sage: „Komm Seppuko, streich mit deinen trockenen Lippen noch einmal über meine Nase, wenn du da so sitzt, verschont der Schlaf auch mich und ich bin müde." Daisuke liebt eigentlich nur Männer. Matous. Warum, habe ich ihn oft gefragt und er hat jedes Mal geduldig geantwortet: „Ich liebe nicht den Körper, ich liebe ihren Geist." Ich wusste, dass Daisuke noch mittelalterlich aufgezogen worden war. Im Geist des Bushido. In manchen schlaflosen Nächten erzählt er davon und ich freue mich, dass er mir vertraut. „Ich darf GiHuli nicht alleine lassen. Sie ist im *backview* und verletzlich." Ich hätte sie nicht verlassen dürfen. Daisuke schüttelt lächelnd den Kopf und schweigt. Er ist wie Theos der Meinung, dass GiHuli und ich nicht mehr gemeinsam kämpfen sollten. Das weiß ich, aber er sagt es nie laut. „Ich muss wieder los", die schreckliche Unruhe lässt mich nicht los. Daisuke würde mich nicht halten. Er weiß genau, dass GiHuli nicht gefährdet ist, dass sie auch ohne mich den Gang gegen die Hàozis führen kann und den Weg zum Kirschbaum finden kann – und dass auch ich ohne sie meine Fähigkeit wiederfinden werde. Er wird mich nicht am Gehen hindern. Ich muss mich entscheiden zu bleiben. Nur Daisuke kann mir im Moment helfen. Deshalb habe ich ihn auch aufgesucht. Er kennt den Weg zu Theos und er wird ihn mir nennen, nur nicht, wenn ich so ungeduldig bin. Ich entscheide mich noch die Nacht zu bleiben.

Daisuke schaut schweigend aus dem Fenster. Ich setze mich zu ihm. Es ist ein gewaltiges Panorama, auf das wir schauen. Die zerborstene Stadt versinkt nun in der Dunkelheit und für einen Moment sieht es so aus, als lebten hier noch Rénmen. Als die sich niederlegende Schwärze der Nacht die Ruinen weich zeichnet und die Stadt ihre Konturen verliert, erkenne ich, dass ich selbst unter den schwierigen Bedingungen einer Übergangszeit hier gerne lebe und auch die Wunden an meiner Schulter nur heilige Schmerzen des Lebens sind. Vielleicht ist es auch die unendliche Stille um Daisuke, die mir die Kostbarkeit des augenblicklichen Momentes in mein Bewusstsein bringt. Diesen Moment wird es nie wieder geben. Dieser Moment ist unendlich. Leise spricht er, fast wie zu sich selbst: „Ich habe herausgefunden: Der Weg des Kriegers liegt im Sterben. Wird man mit zwei Alternativen konfrontiert, Leben oder Tod, so soll man ohne Zögern den Tod wählen. Daran ist nichts Schweres; man muss nur fest entschlossen sein Ziel verfolgen." Ich antworte nicht, aber ich fühle mich unendlich wohl und strecke mich auf seinem Schoß. Ein kleiner roter Sonnenstrahl bricht noch einmal kurz durch das Dunkel des Himmels und ich denke, einfach perfekt. Danke! Irgendwie passt alles zusammen. Nach einer zeitlosen Weile erhebe ich mich und lasse mich dann auf Daisukes Bambusmatte nieder. Mir gelingt unvermittelt ein *backview.* Ich werde den Schatz vom Kirschbaum wieder finden und er wird wieder blühen.

Bis zum Schattenkreuz hatten wir es nicht geschafft, ich war im Schnee liegen geblieben. Die Macht der Bilder war zu stark gewesen. Eigenartig diese Stille. Sind es unsere Herzen, die schweigen? Die lauernde Bewegungslosigkeit vor dem nächsten Kampf? Wo ist JuHuli? Sofort kommen mir diese verdächtigenden Gedanken, sie hat mit Theos Kontakt aufgenommen, als ich im *backview* war. Plötzlich bin ich mir dessen sicher. Will sie mich verlassen? Zurück zu ihm? Irgendetwas verschweigt sie mir.

Sie hatte uns hierher gebracht. Ich hatte es vermieden, in unseren Garten zu gehen, war vor den zerbrochenen Mauern verharrt. Ich wollte den Kirschbaum nicht sehen, seine verbrannten Äste. Sie war dagegen gewesen, den Kirschbaum zu vermeiden. Aber ich hatte Angst, ihn wieder zu sehen. Warum, verstand ich selber nicht oder wollte es mir noch nicht eingestehen. Vielleicht sollten wir in unserem zerstörten Garten bleiben? Aufhören mit der Flucht.

Aber vielleicht steht noch ein anderes Motiv dahinter, eins, dass ich mir nicht eingestehen will. Ich ahne, dass ich dafür meine Waffen niederlegen müsste, mit dem Kampf aufhören. Aber ich kann nicht, will nicht. Die Hàozis werden uns immer finden, ich darf mir jetzt keine Schwäche erlauben, muss das zarte Flüstern vertreiben, das zu meiner Gebrechlichkeit führen würde. Und würde das Flüstern anschwellen zu einem Strom, wäre es meine Vernichtung. Andererseits, wir können nicht alle besiegen. Aber aufgeben? Lieber einen echten Krieg als einen falschen Frieden. Totalen Rückzug? Wohin? Dann könnte es noch schlimmer kommen, dann wäre ich allein mit JuHuli auf diesem grauen Planeten, dieser Strafkolonie der wilden Herzen. Auch das würde Krieg bedeuten. Krieg gegen sie. Würde ich damit Schluss machen, wäre es mein Tod. Ich muss JuHuli am Leben halten, verwunden ja, denn würde ich sie vernichten, wäre ich vernichtet. Und andersherum! Das Gleichgewicht des Schreckens. Oder würde eine Trennung die Erlösung bedeuten, würde der wilde Kirschbaum wieder blühen, wären wir wieder Kinder des Lichtes, eins mit Allem?

Theos' Worte, als ich ihn das letzte Mal sah, waren Worte der Enttäuschung. Er wusste, dass ich genug gesehen hatte, damals, als er mich berührte und ich ihn bekämpft hatte, unfähig ihn zu lieben und doch war ich ihm gefolgt. Als Feindin, die nicht zugeben will, dass sie ihn liebt. Ich hatte mich in seiner Nähe versteckt gehalten, als Schutz gegen seine Strahlen. Nur manchmal zeigte ich mich und fasste Vertrauen.

Es tat ihm noch immer weh, dass JuHuli ihn verlassen hatte, und auch in mich hatte er einige Hoffnungen gesetzt. Ich will nicht an ihn denken und weiß sogleich, dass ich die Sterne für mich weinen lasse, als ich aufspringe, um JuHuli zu suchen. Es hat aufgehört zu schneien, die Kälte stört mich nicht. Ich hatte nicht gespürt, dass meine Haare nass über meine Augen hängen. In welche Richtung war JuHuli gelaufen? Ich bringe mich in den Rezeptionsmodus, aus welcher Richtung kommen ihre Gedanken? Ich folgerte, dass sie versuchen würde einen Spiegel zu finden, ein möglichst glattes Metallstück vielleicht, hier in den Ruinen. Ein schwieriges Unterfangen, aber nicht unmöglich und ich kenne ihr Geschick. Ich empfange

Sprachfetzen, die Stimme, ich kenne sie, meine Angst bestätigt sich. Die rote Welle unterdrücke ich. Ich muss. Sie würde den Screen verdecken. Ich möchte hören, verstehen, was reden sie? Ich will ihn sehen. Es ist Theos, ich hatte es gewusst. Sein Gesicht schimmert undeutlich auf dem Screen, nur die Augen kann ich klar erkennen, vielleicht auch nur die verdammte Ironie. „Der Countdown läuft", sagt er und lächelt fein, dann ein scharfes Geräusch, ein Knacken. Ich habe ihn verloren, aber ich weiß nun, in welche Richtung ich laufen muss.

Vorbei an den aufgerissenen Containern, jetzt erkenne ich, dass wir es schon fast bis zum Hafen geschafft hatten, als wir uns trennten. Sollte ich wirklich auf das Morgengrauen warten, um mit dem Schiff die Ausläufer der Wüste zu erreichen? Ich bleibe stehen, wieder dieser zersetzende Zweifel. Desperat springe ich auf einen Container, um eine bessere Sicht über diese verwüstete Anlage zu haben. Nachts sehen wir besser und nichts entgeht uns. Dann eine plötzliche Eingebung: Ich werde JuHuli nicht suchen, ich weiß, wir finden uns wieder. Jeden Augenblick und ich brauche noch einen Moment. Ich muss mich sammeln. Bilder kommen wieder, Bilder von unfassbarer Schönheit. Ich weiß, der Schmerz wird ihnen folgen. Bilder der

Verwundung und Zerstörung. Ich darf sie jetzt nicht zulassen. Ich rutsche auf dem kalten Metall hinunter auf den Boden und krieche in eine dunkle Nische. In meiner Nähe bewegt sich eine Ratte, ihr Fell ist räudig, ein Ohr hängt halbabgerissen herunter, aber ihre Augen glänzen. Dunkle Kugeln, in denen der Mond sich spiegelt.

Ich hatte mich wieder auf Daisukes Schoß gelegt, nachdem ich in der Mitte der Nacht die Matte verlassen hatte, und er hatte mich fast zärtlich gestreichelt. Das war ungewöhnlich. Irgendwann war ich wach geworden. Ich hatte nicht tief geschlafen, aber die Grenzen zwischen Traum und Nacht hatten sich verwischt. Irgendwann erkannte ich Daisukes Stimme ganz deutlich an meinem Ohr. Er flüsterte leise und zögernd, doch seine Stimme war so nah, als handelte es sich dabei um meine eigenen Gedanken. „Erinnere dich … an Theos' Worte. Im tiefsten Schatten … in der Mitte der Dunkelheit … liegt das …“, das hörte sich aus seinem Munde nicht profan an, „das Licht.“ Ein Blitz durchfährt mich. Das Schattenkreuz im Licht! Warum war ich bloß nicht eher darauf gekommen?

Ich bin jetzt hellwach. Ich strecke mich und gähne weit, ich würde nicht den Morgen abwarten. Daisuke schubst mich vom Schoß. „Troll dich", sagt er ironisch. Mehr wird er nicht zum Abschied sagen, das kenne ich schon. Ich schleiche lautlos aus seiner Wohnung. Die schwere Eisentüre ist angelehnt. Daisuke wusste vielleicht, dass es so kommen würde. Allerdings fürchtet er auch keine Hàozis und auch nicht Dashou mit seiner primitiven Kraft und lässt seine Türe öfters auf. Wahrscheinlich ist es ihm einfach egal.

Es ist immer noch eiskalt draußen. Die Kälte umklammert mich mit eisernen Griffen und ich schüttele mich heftig, um mich daran zu gewöhnen. Dann vergesse ich sie einfach. Meine Augen durchforsten die Dunkelheit. Ich kann nachts ganz gut sehen, einfach meine Fähigkeit. GiHulis auch. Noch habe ich keine Ahnung, wo sie ist, ich werde erst noch einen Umweg nehmen, dann werde ich sie finden. Ich werde sie finden – oder sie mich. Daran hege ich keinerlei Zweifel.

Wie lange ich in der Nische versteckt lag, weiß ich nicht. Ich glaube, ich war eingeschlafen. Das durfte mir eigentlich nicht passieren, ich zucke zusammen, vor allem nicht nachts. Nur während des Tages erlauben wir uns kurze Schlafpausen, gut versteckt in den dunkelsten Ecken. Ich schiebe meinen unfreiwilligen Schlaf auf meinen Blutverlust, aber noch erschrockener macht mich die Tatsache, dass ich noch immer allein bin. Grau und bleiern kriecht die Morgendämmerung über die verrosteten Kräne des Hafens, die wie klagende Finger die schweren Wolken berühren. Der leichte Schnee fällt wieder, bald wird er alle Spuren bedeckt haben und auch die verkohlten schwarzen Äste des Kirschbaumes zärtlich verhüllen. Warum musste ich wieder an den Kirschbaum denken? Es ist vorbei! Ein Lied summt durch meinen Kopf „Everybody got all the flowers / I don't have a single rose." Ich hatte diese Töne gehört, nachts, als ich einen Hàozi jagte. Sie kamen aus einer Ruine, aber aus den Augenwinkeln konnte ich das stromförmige Licht einer Musikbox erkennen. Sollte hier noch ein Rénman leben? Das war nicht möglich. Ich wusste nur von Theos' und Daisukes Existenz und Letzteren kannte ich nur aus den Erzählungen JuHulis. Die Wahrnehmung und die Töne glitten in einem Bruchteil einer Sekunde durch meine Gehirnwindungen. Aber lange genug, um den Hàozi zu verlieren. Einen Moment lang hatte ich meine Konzentration verloren. Dann war ich stehen geblieben und hatte der rauen Stimme gelauscht. „… I don't have a single rose."

Ich rase durch die Nacht. Ich muss das Schattenkreuz vor dem Sonnenaufgang erreichen, im ersten

Moment des frühen Lichts wird es mir den Weg weisen. Dort werde ich auch GiHuli treffen. Wird sie mich noch vernichten wollen? Werde ich noch flüchten wollen? Oder kämpfen? Das sind jetzt keine Fragen mehr, nur noch ihre Schatten, die durch mein Gehirn fliehen. Ich bin viel zu schnell, um ihnen noch Bedeutung zu schenken. Sie waren eh nie real, nur selbst geschaffene Geister, die in diesem nächtlichen Lauf substanzlos aus meinen Gedanken entfleuchen. Jetzt ist mein Schädel leer, die Kraft hat mich erfasst und jagt mich vorwärts. Ich werde pünktlich kommen, ich werde es schaffen. Vor mir tauchen wie in einer Fata Morgana die alten Lagerhallen auf, gleich bin ich am Hafen.

Ich fege am Dock vorbei, weiter zu dem verschlossenen Labyrinth, neben den ausgebombten Lagerhallen. Dort liegt Theos' Versteck. Von keinem Gedanken behindert, ist meine Sicht klar, dort und nur dort liegt der Spiegel und es ist nicht irgendein glattes Metallstück, sondern ein bestimmtes und nur zu einer bestimmten Minute kann ich das Labyrinth betreten. Nur dann ist der Weg frei.

Warum ist JuHuli nicht hier? Hat sie mich verlassen, wie sie es oft angedroht hatte?

Wir müssen doch heute das Schattenkreuz erreichen. Dann wird mir schlagartig klar, sie ist davongelaufen. Und sie weiß auch, dass ich weiß, wohin es geht. Will sie wirklich aufhören zu kämpfen? Meine Gedanken überschlagen sich … ich will sie nicht denken, nicht mehr die Bilder sehen. Weißes Rauschen, bitte! Bitte! Dieser Krieg gegen die Anderen, der ein Krieg gegen sie ist, aber eigentlich gegen mich, sollte er ein Ende finden? Konnte ich gegen meine eigene Natur gewinnen? Meine Natur ist die wilde Zärtlichkeit des Kampfes, die tödlich endet. Soll ich weiterlaufen? Während ich mir diese Frage stelle, ahne ich schon, wie die Antwort heißen wird.

Unwillig willig krieche ich aus meinem Versteck. Sollte ich noch einmal in den *backview* gehen? Die Freiheit dieser Entscheidung quält mich, ich sollte in der Gegenwart bleiben. JuHuli hat einen Vorsprung, ich fange an zu laufen. Sie hat einen Spiegel gefunden, so viel ist klar, und sie hat Theos empfangen. Meine Aufmerksamkeit ist ein Pfeil, abgeschossen von dem Bogen eines Rénman in vergangenen Zeiten. Auf Klippen stehend. Zielgerade in einen Ozean. Und dieser Ozean wird mich verschlingen und das Rauschen der Wellen gegen die Felsen ist so weich wie die fallenden Blüten des Kirschbaumes.

Es ist das Ende der Nacht des fünften Tages im zweiten Monat um die Stunde des Tigers, es ist morgens zwischen drei und fünf. Nur jetzt im Mondlicht, kurz bevor die Sonne hervorbricht, wenn sich der alte Kran am Kai nach Osten neigt, zeigt das Schattenkreuz auf den Eingang zum Labyrinth. Ich erreiche gerade noch das Kreuz und sehe, wie es sich durch die eisklare Nachtluft neigt. Es zittert, dann bewegt es sich lautlos – natürlich lautlos, ist ja nur der Schatten des alten Krans, denke ich kurz aus der östlichen Richtung nach Norden. Ich schaue mit engen Augen in die Höhe, erstarre dann in Ungläubigkeit und dann, der Schatten fällt gerade auf mich, dann geht alles rasend schnell. Das Kreischen der Hàozis zerschneidet die Stille, eine Explosion, grelle Stichflammen, plötzliche kurze Dunkelheit, und sofort ist alles wieder blendend hell. Ich erkenne die geöffnete Tür des Labyrinths und dass daraus ein gewaltiger Schwall braungefleckter Hàozis auf mich zujagt, im Hintergrund erkenne ich das verzerrte Gesicht von Dashou. Meine Haare sträuben sich. Dashou wächst in einigen Sekunden zu einer riesigen Gestalt heran, seine schmalen Lippen sind grünlich verzerrt, das linke Auge hat sich zu einem schmalen Spalt inmitten eines dunkelroten Blutergusses zusammengezogen, er sieht schrecklich aus, ein todwunder riesiger Affe in

Agonie. Er torkelt, dann rafft er sich auf, dann scheint er in der Luft zu schweben, immer höher und direkt auf mich zu, mit mörderischer Grimasse und geballten Fäusten. Das sehe ich allerdings nur noch aus den Augenwinkeln, ich fege um 90 Grad herum und jage los, Richtung Stadttor, ich rase am Kran vorbei und sehe nichts mehr, ich fühle nur noch die Schemen, die mir folgen. Die Lagerhallen fliegen an mir vorbei und hinten am Stadttor steht dieses hohe, verlassen klaffende Gebäude, eine Ruine, die mich retten soll. Auf die rase ich jetzt zu. Aufs Dach können die Hàozis mir nicht folgen. In Sekunden bin ich an der Regenrinne hochgeklettert, wie, weiß ich jetzt auch nicht mehr, und jage etwas ziellos über das Dach von einer Ecke zur anderen. Dann sehe ich, wie GiHuli von der nördlichen Dachkante auf mich zugefegt kommt, ich drehe sturmgeschwind ab und wir flitzen gemeinsam an die östliche Kante, ein kurzer Blick, ein Gedanke, wir springen in die Tiefe. Plötzlich schneit es Kirschblüten, wir fallen ins Bodenlose. Alles fällt, sinkt, dreht sich und tanzt in einem Wirbel, der einem Walzer in Zeitlupe gleicht, durch die Luft. Neben mir fällt Dashou, stürzen sich drehend kopfüber tausende Hàozis. Daisuke fliegt lächelnd an mir vorbei und der glänzende Spiegel von Theos, Kräne, Shigans und Rénmans. Und dazwischen Massen von Kirschblüten und Blätter, ein rosa Nebel explodiert in tausend Regenbogenfarben, sphärische Töne erklingen. Ich sehe im pastellfarbigen Dunst GiHuli wieder auftauchen, ihr schwarzer Schwanz ist gesträubt, ihre Fangzähne glitzern, ein wildes Lachen weht zu mir rüber. Da erkenne ich, das bin ich auch, das bin ich! Keine GiHuli und keine JuHuli, kein Daisuke und kein Dashou - alles ist ich. Dann lande ich hart auf meinen vier Pfoten. Als der Nebel sich senkt, sehe ich GiHuli unter dem blühenden Kirschbaum, sie leckt sich das Fell und blinzelt ironisch zu mir herüber, oder bilde ich mir das nur ein? Sie grinst mich jedenfalls sehr freundlich an.

Da wusste ich, der Krieg ist vorbei. Weil ich es will. Da sind keine Mauern, keine zerstörten Häuser. Jetzt kommen keine Bilder mehr, keine Erinnerungen. Der Garten. Ich sehe. JuHuli, sie steht unter dem Kirschbaum. Blüten. Ihre grünen Augen. Ein Auge, grün und dunkel, dann sehe ich mich, meine Augen, ein Auge, grün und dunkel und ich höre unsere Stimme. „Unendlichkeit."

Glossar

Dashou / chin. Gorilla (letzter Affe von Soros)

Monas / span. Affen

Matous / franz. Kater

Hàozi / chin. Ratte

Rénman / chin. die Menschen

backview / beschreibt die Fähigkeit, geistig ganz real in die Vergangenheit reisen zu können und von dort aus gegebenenfalls auch die Zukunft zu ändern. Auf alle Fälle aber von dort Erkenntnisse zu erzielen, die sich in der Gegenwart bewähren können.

Es geht in dem vorliegenden Fragment, das wir in einer Straßenbahn gefunden haben, offensichtlich um die Periode nach den Affen auf der Erde, die ja auch Soros (Schwester) genannt wird. Sie ist zwar noch vom Kampf geprägt, im wesentlichen aber vom Kampf mit sich selbst – aber auch von tieferen Erkenntnissen.

Es ist eine wilde, eine Übergangszeit, in der noch keine neuen Gesetze herrschen. Es ist die Zeit der Katzen. Wer hätte das gedacht? Nur die mit sieben oder neun Leben überleben, und die, die zärtlich, wild und kämpferisch sind.

Christine Kaufmann

Kat Zen

Katzen sind unverschämt, sie haben immer den Charakter eines erfolgreichen Models. Auch Übergewicht schmälert ihre Projektion der Souveränität nicht. Sie sind da. Kein Gewedel, sie fordern, sie sind selten ängstlich und natürlich viel faszinierender als Hunde. Ich bin allergisch auf Katzen, kann mich nicht in geschlossenen Räumen mit ihnen aufhalten, aber in der freien Natur bin ich dann auch frei und kann mich ihnen nähern. Immer wieder habe ich Dinge mit Katzen erlebt, die mir vorkamen wie „Twilight Zone“. Eine Dimension der Wirklichkeit, die eben katzenspezifisch ist. Zum Beispiel ihr Feingefühl. Auch was mich betrifft, ihre Wahrnehmung: „Da ist eine, die darf nicht, aber würde gerne.“ Es bezieht sich aufs Streicheln, das mein Gesicht zur Orange deformiert. Orange und rund, innerhalb zwanzig Minuten. Katzen streicheln macht aber wahnsinnig Spaß, das Schnurren, das Zurückdrücken, die Anerkennung mit dem Körper. Ihr Zen. Katzen sind Zen, Hunde nicht. Kat Zen.

Julia Kospach

Der ruhige Genuss des Dekorativen

Sie heißt Texas und es ist Zeit, ihr ein Denkmal zu setzen. Für ihren Namen kann sie nichts. Ihr zum Zeitpunkt der Katzentaufe fünfjähriger Besitzer hatte damals eine kurzfristige Schwäche für den Buchstaben X. Die Alternative wäre Mexiko gewesen. Also sei's drum! Texas und ich waren über Jahre sozusagen Nachbarn. Regelmäßig, mitunter täglich stattete sie mir, von der benachbarten Terrasse und Wohnung kommend, Besuche ab. Sie war ursprünglich vom Land, fand sich aber rasend schnell ins Großstadtleben inklusive Terrassenlandschaft ein. Stets behielt sie ihr kugelrundes Babygesicht bei, ergänzte es nur im Lauf der Jahre um eine ebenso runde, wollige Gestalt, die übergewichtig zu nennen vonseiten ihrer Besitzer streng verboten war. Wir sprachen stattdessen von untergroß.

Früh kultivierte Texas zahlreiche Eigenheiten, auf die wir uns beeilten einzugehen. Wir, das waren alle Bewohner der umliegenden Terrassenwohnungen, die Texas mitsamt den Räumlichkeiten als ihren Privatbesitz betrachtete. Irgendwann einmal flog auf, dass sie –

wiewohl Gegenteiliges mit ihren Besitzern vereinbart worden war – mehrere Futterstellen unterhielt. Ein langjähriger katzenloser Nachbar zog aus, der Nachmieter fand in seinem Küchenschrank eine verräterische Sammlung zurückgelassener Katzendosen. Ich war erleichtert. Davor war der Verdacht zu Unrecht auf mich gefallen. Leise hat man mir zu verstehen gegeben, die Mitverantwortung für Texas' Stattlichkeit zu tragen. Dass die Tierärztin sie zu meiner Überraschung als normalgewichtig bezeichnet hatte, wurde erst zum Running Gag, nachdem man mir diese zufällig einmal in der Straßenbahn gezeigt hatte – auch die Ärztin selbst war sozusagen untergroß.

Texas blieb von all diesen Überlegungen, zu denen auch gehörte, sie als perfektes Garfield-Double nach Hollywood zu vermitteln, völlig unberührt. Stattdessen pflegte sie ihre Gewohnheiten. Eine davon war berückend: Texas fand sich selbst in der Gesellschaft von Blumen besonders schön. Also legte sie sich gerne direkt unter Blumenvasen oder Tontöpfe mit blühenden Gartenpflanzen. Im Spätsommer lag sie unter den leuchtenden Löwenköpfen von Dahlien, im Frühjahr unter den langen, spitz zulaufenden Rispen des Fingerhuts, im Herbst unter den Sträußen mit den letzten Kapuzinerkresseblüten, im Winter direkt auf dem Couchtisch neben der großen Glasvase unter den großen Sternblüten der dickstieligen Gerbera. Texas respektierte die Blüten. Von ihrer Seite gab es weder gelangweiltes noch hektisches Blüten-Getatzel. Man existierte im gegenseitigen Dienste der Schönheitsmehrung und im ruhigen Genuss des Dekorativen.

An einem heißen Frühsommernachmittag kam Texas gemächlich um die Ecke einer weiteren Nachbarterrasse gekugelt – leise Pfoten, steil aufgestellter Schwanz, hohe, stimmungsvolle Fistelstimme in leicht anklagenden Miau-Tönen, deren Tenor wie stets in Richtung drohender Unterernährung wies. Alles völlig normal also. Texas nahm ohne Eile auf einer sonnenbeschienenen Bodenfliese in Nähe der Terrassentür Platz. Dazu senkte sie ihren Hinterleib vorsichtig ab, streckte ihren buschigen Schwanz in einer vorbildlichen Geraden hinter sich aus, stemmte die Vorderpfoten in den Boden und blinzelte, angenehm von der Wärme berührt, abwechselnd in den blauen Himmel und zu den violetten Blüten einer Akelei, die links über ihr in einer leichten Brise hin und her schaukelten. Ein weiteres Mal hatte sie sich erfolgreich mit einigen Blüten zu einem schönen Bild gefügt. Es war der gloriose Beginn eines Mußestündchens nach ihrem Geschmack. Texas richtete sich gerade auf anhaltendes Wohlbefinden ein, als ein lautes Brummen die Idylle zu unterbrechen drohte. Von schräg hinten näherte sich schwankend eine große, eigentlich übergroße, nein: eigentlich gigantische Hummel im gelb-braunen Wuschelpelz. Die Riesenhummel brummte wie ein kleiner Helikopter, nahm im Flug leicht absackend Maß und setzte sich justament auf eine der filigranen Akeleiblüten, die sich unter dem doch beträchtlichen Hummelgewicht mitsamt Stiel und Blättern sofort weit nach unten neigte – direkt auf die Höhe von Texas' linkem Ohr.

Die Hummel nahm sofort ihr Insektensammelgeschäft auf. Die Katze saß ihr dabei so nah im Rücken, dass sie deren Atem hätte spüren können – wenn, ja, wenn Texas in ihre Richtung geschaut hätte. Doch Texas schaute starr geradeaus, ihr Gesicht ein mimisches Wechselbad der Gefühle. Ihre Katzennatur, oder was davon noch übrig war, verlangte von ihr schleunigstes jägerisches Eingreifen, lauerndes Anschleichen, fauchenden Absprung und eisernen Pfotengriff, mit einem Wort ein umgehendes Zur-Strecke-Bringen der Hummel. Jedoch: Texas hatte gerade keine Lust. Sie war nicht in der richtigen Stimmung fürs Martialische. Im Gegenteil. Die Hummel hatte ihren seligen Frieden zerstört, ihr die Laune verdorben und jetzt sollte sie auch noch, dem Appell irgendeiner Raubtiernatur gehorchend, mit der sie kaum mehr etwas am Hut hatte, die Kampfmaschine in sich aktivieren? Texas sah das verdammt noch einmal nicht ein.

All diese Empfindungen spiegelten sich in ihrem Vollmondgesicht mit den honiggelben Kugelaugen: Schreck, Ärger, Trotz, Anstrengung, Irritation, ein kurzer Jagdimpuls, zunehmende Verzweiflung. Doch Texas traf ihre Entscheidung. Souverän wie immer. Sie lautete: Aussitzen! Wie lange würde die Hummel schon auf der Blüte herumkrabbeln? Zehn, maximal 15 Sekunden! Dann würde der Spuk vorbei sein und wieder Ruhe einkehren. Also schaute Texas weiter starr geradeaus und tat gar nichts. Die Riesenhummel brummte zwei Zentimeter neben ihrem linken Ohr wie ein Traktor. Texas tat, als gäbe es die Hummel gar nicht. Stattdessen drehte sie ihren Kopf ganz langsam und unauffällig leicht nach rechts. Sie wollte im Nachhinein behaupten können, sie habe die Hummel gar nicht bemerkt, weil sie gerade in die andere Richtung geschaut habe. Doch die Hummel in ihrer Blütenverzückung war gnadenlos. Sie blieb, wo sie war, summte und brummte umtriebig und warf ihr felliges Hinterteil dabei geschäftig hin und her: Eine Hummel gewordene aufreizende Provokation für jedes Raubtier mit auch nur ein bisschen Ehre im Leib. Texas wusste das. Und sie litt darunter. Ihr Augenausdruck wurde noch starrer. Die Scham darin nahm deutlichere Gestalt an. Als die Peinlichkeit das Maß des Erträglichen überschritten hatte, änderte sie schließlich unwillig ihren Plan. Jetzt wollte sie das geflügelte Insekten-Rindvieh loswerden. Und zwar ohne Leiche. Die Hummel sollte abschwirren. Texas holte zu einem Scheinangriff aus. Ohne aufzustehen hob sie halbherzig ihre rechte Pfote und tatzelte, sich gleichsam halb um die eigene Achse drehend, einmal kurz und angewidert in Richtung der Hummel. Das grausame Schicksal aber deutete ihren Vorstoß falsch und bescherte ihr einmal im Leben Jagdglück. Von Texas' Pfotenschlag hinterrücks getroffen, taumelte die Hummel, flog noch einmal kurz torkelnd auf und fiel dann wie erschossen direkt vor Texas' Füßen auf den Rücken, wo sie verzweifelt auf dem Boden kreisend weiterbrummte. Ratlos starrte Texas von oben auf die Beute, die sie mit nur einem Schwinger gefällt hatte. Dann schaute sie auf und in meine Richtung. Was tun?, fragten ihre riesigen Bernsteinaugen.

Ich wusste keinen Rat. Scheinbar endlos schauten wir uns in die Augen. Erst eine unerwartete Initiative der gefällten Hummel riss uns aus unserer Versteinerung. Mit Mühe hatte diese sich vom Rücken zurück auf dem Bauch gerollt, schüttelte kurz ihre schwarzen Transparentflügel, brummte lauter, erhob sich trudelnd in die Luft und zog in einem weiten Halbkreis davon. Am Abend dieses denkwürdigen Nachmittags übertrat ich das Fütterverbot und hielt Texas für die erlittene Schmach mit 150 Gramm Beinschinken schadlos. Texas selbst war längst wieder heiter, tat mir den Gefallen und fraß den Schinken zur Gänze.

Lilo Wanders

Onken

Aus der Ferne sieht er aus wie eine Holsteiner Kuh, weiß mit schwarzen Flecken. Aus der Nähe betrachtet, erzählt ein Blick in seine schielenden Augen, dass er einfach nur mies drauf ist. Der etwas verrutschte dunkle Tupfen unter seiner Nase erinnert an die Gesichtserkerbehaarung diktatorischer Staatslenker, und wenn man ihn etwas besser kennt, kann man auf die Idee kommen, er sei tatsächlich die sehr schlechtgelaunte Reinkarnation des Führers. Er ist ein Despot, er ist durch nichts zu erweichen in seiner Strenge, und er ist launenhaft wie eine Ufa-Diva. Sein Name ist Herr Onken, und er lebt in inzestuöser Zwietracht mit seiner Schwester Frau Bünting, beide benannt nach konkurrierenden ehemaligen Teeimporteuren aus Ostfriesland. Der Kater ist wohl wegen seiner in früher Jugend vorgenommenen Operation ständig in bitterer Stimmung und zudem oft genervt durch das sonnige Gemüt seiner schmusigen Lebensgefährtin. So entzieht er sich so oft wie möglich jeder Gesellschaft. Durch einen Sprung auf die Klinke gelingt es ihm, verbotene Türen zu öffnen, und er verzieht sich am liebsten ins fensterlose Badezimmer, wo er den arglosen Benutzer gerne aus dem Dunkel anspringend in mörderischen Schrecken versetzt. Um sein Revier möglichst wenig verlassen zu müssen, hat Herr Onken gelernt, die Menschentoilette zu benutzen, was schon zu erheblichen Irritationen bei Gästen geführt hat. Großmütig überlässt er Frau Bünting die alleinige Nutzung des Katzenklos unter einem Küchenregal. Dass ihm der Vortritt an den Fressnapf gebührt, muss eigentlich gar nicht erwähnt werden. Der Pascha führt ein strenges Regiment.

Einig sind sich die beiden Katzen nur in einer Sache: Wie lässt sich der seit kurzem zur Wohngemeinschaft gehörende Hund Cliff am besten ärgern und demütigen? Immerhin haben die schnurrenden Bartträger ältere Rechte als der von Anfang an in seine Schranken gewiesene Kläffer, der nur unter menschlicher Aufsicht seine Mahlzeiten einnehmen kann und dessen Wassernapf ostentativ von den Katzen geleert wird.

Wenn die Menschen die Wohnung verlassen, begleitet sie der Schwanzwedler bis zur Haustür, in der Hoffnung, nicht allein dem Horror ausgesetzt zurückbleiben zu müssen. An den Tagen, an denen dieser Wunsch unerfüllt bleibt, läuft ein raffiniertes Programm ab. Onken und Bünting platzieren sich im Verlauf des langen Flurs auf Schrankwand und Bücherregal, so dass der Hund nur wie bei einem Spießrutenlauf das Wohnzimmer am Ende des Gangs erreichen könnte. Ein einziges Mal hat er sich getraut und musste seinen Wagemut mit heftigen Blessuren büßen. Seitdem verharrt Cliff bis zur Rückkehr der Menschen zusammengekauert an der Wohnungstür. Den Katzen reicht der Triumph, ihn in seiner Bewegungsfreiheit eingeschränkt zu haben. Sobald sich der Schlüssel im Schloss dreht, verliert der Hund vor Erleichterung fast den Verstand, und das Geschwisterpaar signalisiert mit erhobenen Schwänzen seinen Sieg.

Erlösung kann für den Retriever erst das wohl noch in ferner Zukunft liegende Ableben von Herrn Onken und Frau Bünting bringen. Wenn dann wieder junge Katzen einziehen, wird der gutmütige Cliff endlich Chef im Hause sein. Vielleicht.

Eva Menasse

Ich hasse Katzen

Ich hasse Katzen. Nicht einfach so, sondern mit Grund. Meine liebe Freundin C., mit der ich nicht nur zur Schule gegangen bin, sondern auch viele glückliche und lustige Jahre in einem Haus gewohnt habe, hat ein riesiges Herz für Tiere, besonders für „arme Tiere". Und ihre Begabung erstreckt sich nicht nur darauf, die struppigsten und hässlichsten Viecher aus dem Tierheim zu holen, sondern auch die langlebigsten. Auf diese Weise wanderten sehr bald zwei Katzen in unser Haus ein, die mich nicht zu interessieren gehabt hätten, wenn die liebe C. nicht auch noch, neben ihrem Tierhobby, regelmäßig lange und exotische Reisen unternommen hätte. Und was lag da, für die in der Zwischenzeit notwendige Betreuung der Katzen, näher als: ich?

Beim ersten Mal war ich noch naiv-barmherzig und wollte die beiden zu mir in die Wohnung nehmen, „damit sie nicht so allein sind". Die eine, kleinere, deren Namen ich vergessen habe, war mir insofern sympathisch, als sie vor allen Menschen, ausgenommen C., so schreckliche Angst hatte, dass sie praktisch nie zu sehen war. Aber die andere, ein Vieh namens Balou, schon bei seiner Ankunft aus dem Tierheim ein hässlicher, räudiger Methusalem, war dauernd krank und unangenehm anhänglich. Als ich in der ersten Nacht nach Hause kam, lag Balou in meinem Bett. Ich trug ihn aus dem Schlafzimmer und schloss die Tür. Daraufhin jaulte er wolfsartig. Also konnte man mich gegen Mitternacht im Pyjama im Stiegenhaus sehen, wie ich eine kratzende Katze in C.s leere Wohnung zurückbrachte. Ja, so herzlos war ich. Ich schlafe nicht mit Tieren im Bett.

Von Balou habe ich allerdings viel gelernt. Etwa, wie Katzenklos riechen und in welchem Abstand man sie leeren muss. Oder dass, anders als angeblich Pferde, Katzen durchaus kotzen können. Zum Glück produzieren sie dabei nicht übelriechende Seen wie Menschen, sondern hundstrümmerlartige, halbwegs feste und eher geruchlose Schlangen. Es war naturwissenschaftlich ganz interessant, Balou dabei zuzusehen, wie er diese Schlangen mühsam hervorwürgte, aber dennoch nicht unbedingt appetitlich.

Auch Demut hat mich Balou gelehrt. Würde ich ihn nicht gekannt haben, ich hätte die Sache mit den neun Leben der Katzen als Aberglauben abgetan.

Eines Abends wollte ich gerade meine Wohnung

verlassen, ich glaube in Richtung eines „Love interest“, da läutete es. Vor der Tür stand C. in fast hysterischer Auflösung. „Balou ist aus dem Fenster gefallen“, schluchzte sie.

„Idiot“, dachte ich, fragte aber anteilnehmend: „Und, ist er tot?“ (Wir wohnten in einem Altbau, C. im dritten, ich im vierten Stock.)

„Ich weiß nicht, ich trau mich nicht runter“, wimmerte C., die in solchen Dingen äußerst zimperlich ist, während ich schon seit Schulzeiten das unerschrockene Raubein gebe. Das weiß C. natürlich. Ich fluchte also leise und rannte hinunter. Da lag etwas neben einer kleinen Lacke, im schwachen Schein der Straßenlaterne, nahe an der Hausmauer. Es rührte sich nicht. Ich legte tapfer eine Hand darauf und glaubte, ein leichtes Heben und Senken zu spüren. „Handtuch, Reisetasche“, rief ich zu C. hinauf, die heulend aus dem Fenster schaute. Wir fuhren mit dem Taxi zum Tierarzt, C. drückte sich ganz an die Tür und starrte zum Fenster hinaus, sie konnte ihr geliebtes Tier nicht einmal anschauen. Während der Fahrt versuchte Balou plötzlich aus der Tasche auf meinem Schoß zu entkommen, er zappelte und warf sich hin und her, ich hielt ihn am Hals und drückte ihn nieder und dachte noch, dass ich auf diese Weise gut spüren würde, falls gerade jetzt sein Herz zu schlagen aufhörte.

Vor dem Tierarzt wartete bereits C.s Freund, es war klar, dass wir beide hier den Part der Katzeneltern zu spielen hätten. C. war einfach nicht dazu in der Lage. Wir gingen hinein. Der Tierarzt fragte nach dem Namen der Katze, ich buchstabierte „B-A-L-O-U", C.s Freund sagte „ohne O, aber egal". Der Tierarzt fragte nach dem Alter. Wir sahen uns an und mussten lachen. Ich ging hinaus und fragte C. Sie wusste es auch nicht.

Ich weiß seither, dass Katzen manchmal auch tiefe Stürze vorerst überstehen, aber meist mit schweren inneren Verletzungen. „Dann kann man leider nichts machen", sagte der Tierarzt, entscheidend seien die nächsten vierundzwanzig Stunden. Er bat mich noch, herauszufinden, ob die Lacke, neben der ich Balou gefunden hatte, Blut oder Urin sei. Das sei wichtig. Denn eine Katze, die sich retten will, entleert die Blase noch im Flug. „Wie soll ich das machen?", fragte ich entgeistert: „Es ist stockfinster!"

„Halten S' ein Taschentuch rein und schauen Sie sich das bei Licht an", empfahl der Arzt, „ich warte auf Ihren Anruf."

„Sehr gerne", flüsterte ich.

Der Ausgang der Geschichte ist glücklich. Balou überlebte den Sturz aus dem dritten Stock, seine Blase war heil, nur die Hüfte gebrochen. Er verbrachte die nächsten Wochen in einem winzigen Käfig, in dem er sich kaum bewegen konnte. So macht man das meist bei Katzen, da man deren Hüfte ja nicht eingipsen kann.

Im Jahr darauf überlebte er eine eitrige Ohrenentzündung mit beginnender Blutvergiftung. Zu Silvester trug er einen kleidsamen Kopfverband und ich tanzte um Mitternacht mit ihm im Arm Walzer, weil C. und ihr Freund lieber die „Rocky-Horror-Picture-Show“ im Fernsehen anschauen wollten, während mein „Love interest“ sich mit einem schweren Moralischen im Bad eingesperrt hatte – er war erst seit kurzem geschieden und vermisste das Bleigießen mit seinen Kindern. Ich glaube, Balou mochte Walzer, und für die Dauer des Donauwalzers (zwölf Minuten?) mochte sogar ich ihn mitsamt seinem Kopfverband.

Den genauen Überblick über Balous weitere gesundheitliche Fährnisse habe ich verloren, er hatte später noch entzündete Krallen, Probleme mit den Gelenken, Abszesse und mehr als eine Tumoroperation. Hätte C. nicht in diese räudige Katze, sondern in irgendetwas anderes investiert, dann hätte sie heute vielleicht … ja, ich weiß, so darf man gar nicht denken, schon gar nicht nach dem Börsencrash. Irgendwann vor ein paar Jahren ist Balou jedenfalls wirklich gestorben, und es ist jammerschade, dass niemand wusste, wie alt er genau war. Denn dann stünde er heute im Buch der Rekorde.

Elisabeth Reichart

Minos von Kreta

Katzen laufen Menschen zu, besonders kleine Katzen tun das, auch auf Kreta, wo Walter, der sich selbst als Kreter bezeichnete, nicht ohne hinzuzufügen, als alter Kreter, regelmäßig seinen Sommerurlaub verbrachte, um mit von Jahr zu Jahr größer werdenden Augen den zunehmenden Fremdenverkehr zu beobachten, der in diesen immer größer werdenden Augen alle Reste seines alten Kretas fortzuschwemmen und unter bedrohlich anwachsenden Mülldeponien zu begraben drohte, bis er keinen Blick mehr für die Touristen und erst recht nicht für die stinkende Mülldeponie hatte, sondern nur noch für die ihm zugelaufene Katze, rot-schwarz gestreift und so winzig, dass sie in seine Handfläche passte, die noch salzig war vom Meer und bald zu jucken anfangen würde wie sein ganzer Körper, würde er sich nicht demnächst unter seine selbst gebastelte Dusche stellen, weswegen er seine Hand im Sand vergrub, um der Katze den Zugang zu ihrer Welt, in der sie bisher gelebt hatte, zu erleichtern. Die Katze nahm das Angebot an, und Walter eilte erleichtert unter die Dusche, zog sich an und machte sich auf den Weg in das einzige

Lokal in der Nähe seiner primitiven Unterkunft, selbst gebaut, Jahr für Jahr wieder aufgerichtet, repariert. Er hatte nur Brot gegessen, dafür ein wenig zu viel getrunken, wie jeden Abend, hatte all die Blicke auf die Touristen hinuntergespült, und wäre fast auf das zu seinen Füßen zusammengerollte Katzenknäuel gestiegen, hätte ein nüchtern gebliebener Teil in seinem Gehirn nicht das klägliche Miauen gehört, das die Dunkelheit erhellte. Er hielt inne, und sein Blick begegnete dem Katzenblick. Diesen Moment ließ er unbedacht vorübergehen, doch die Katze war gerettet, wurde von seinen großen Füßen nicht zermanscht. Am nächsten Morgen wachte er von den gleichen Lauten auf, die er am Abend zuletzt gehört hatte, bevor das Meergeflüster und der Alkohol ihn in einen traumlosen Schlaf gewiegt hatten. Dieses Mal kam das klägliche Miauen nicht vom Boden, sondern er lokalisierte es unmittelbar neben seinem Ohr. Diesen Moment ließ er nicht unbedacht vorübergehen. Er richtete sich vorsichtig auf und sah, was er erwartet hatte: Ein Katzenknäuel lag auf seinem Polster, in einer vorzeitlichen Unschuld, als hätte es ihn nicht eben aus seinem wohlverdienten Schlaf vertrieben.

Walter ergab sich der Katze, die sich als Kater zu erkennen gab.

Er nannte den Kater Minos, eingedenk seiner nicht wirklich erinnerten, aber doch für möglich gehaltenen Vergangenheit im alten Kreta. Er teilte mit ihm seine Kondensmilch, die neben Brot sein Hauptnahrungsmittel auf Kreta war. Fischen konnte er nicht, Fleisch aß er nicht, von Früchten bekam er Durchfall und aus unerfindlichen Gründen gab es in diesem Sommer weder Fisch noch Gemüse in den Lokalen. Wenn er aus dem Meer kam, die Sonne die Wassertropfen auf seinem dünnen Körper zum Funkeln brachte, fantasierte er sich jedes Mal ein lange, lange zurückliegendes Dasein als Sklave, das im Gegensatz zu allen anderen Sklavenexistenzen kein schreckliches Dasein war, nur etwas ungewöhnlich. Seine Herrin saß am Strand und genoss den Blick auf ihn. Jetzt wartete das rot-schwarz gestreifte Knäuel auf ihn, nicht verlockend lächelnd, gurrend, sich räkelnd, sondern anklagend. Minos wollte nicht allein gelassen werden, nicht einmal zehn Minuten für einen Sklaventraum. Der Kater hatte sich in wenigen Stunden angewöhnt, in seiner Achselhöhle zu schlafen, und diesen Platz forderte er jetzt vehement zurück.

Minos hatte sich so sehr an die Kondensmilch gewöhnt, dass er, herausgeschmuggelt aus seiner Heimat, fremd in der Fremde, eingesperrt in eine Zwei-Zimmer-Wohnung, augenblicklich in den Hungerstreik trat, als Walter ihm einen Teller mit Katzenfutter aus der Dose vorsetzte. Walter hatte nicht einmal geahnt, wie groß die Auswahl an Katzenfutter war, an den Regalen mit Tiernahrung war er bisher im Supermarkt achtlos vorbeigegangen. Er bestaunte die Dosen und Döschen, hätte sich gerne beraten lassen, aber keines der unzähligen Dinge rief ihm zu: Nimm mich! Ich bin es, nach der sich dein Kater sehnt! Also nahm er von jeder Sorte ein Stück und reihte sie alle vor dem Kater auf, der das Futter mit Spielzeug verwechselte, zwischen den Dosen durchschlich, sie beschnupperte, mit seinen Pfötchen herumschob, was Walter im ersten Moment für ein Auswahlverfahren hielt, doch dann kehrte Minos enttäuscht auf seinen Platz zurück, und es blieb ihm nichts anderes übrig, als selbst eine Auswahl zu treffen. Sie war falsch, stellte er fest, sie war immer falsch, zuletzt waren all die unzähligen Dosen und Döschen geöffnet, der Kater schnupperte nicht einmal mehr an den Tellern, lag nur davor und miaute ununterbrochen. Walter wurde nervös, versuchte, den kleinen Kerl mit den Fingern zu füttern, dem Löffel, den Stäbchen aus dem Chinarestaurant, doch nichts verführte Minos zum Fressen. Vor lauter Nervosität öffnete er eine Tube mit Kondensmilch, drückte sie sich direkt in den Mund. In diesem Moment sprang ihm der Kater ins Gesicht und schleckte gierig an seinen Lippen, fuhr ihm mit seiner kleinen Zunge in den Mund und half ihm auf diese diskrete Art, ihn vor dem Hungertod zu bewahren.

Sie gewöhnten sich aneinander, der Kater schlief in seiner Achselhöhle, und Walter lernte, sich nachts nicht mehr herumzuwälzen, sondern in dieser nur leicht unbequemen Haltung durchzuschlafen.

Einem Kater aus Kreta, dem er beim Wachsen zusehen konnte, war eine Zwei-Zimmer-Wohnung naturnotwendig zu klein. Minos schlüpfte durch den Türspalt, sobald Walter die Wohnungstür öffnete, egal, wo er zuvor schlief. Dann aber blieb er ängstlich miauend vor der Tür sitzen. Walter trug den Kater zurück in die Wohnung, doch wie schnell er sich auch zur Tür hinaus drückte, Minos saß draußen und miaute. Um nicht erneut zu spät zur Arbeit zu kommen, nahm er ihn ausnahmsweise in seiner Aktentasche mit und verbrachte seine Mittagspause in einem Fachgeschäft für Haustiere. Da miaute der Kater wieder, zeigte zum ersten Mal angesichts einer Python seine Krallen. Die Verkäuferin empfahl eine Katzenleine, es gäbe viele Katzen, die an der Leine spazieren gehen wollten, vielleicht gehöre seine zu dieser Art.

Unzufrieden spazierte Minos durch Gras, Felder, Auen, zufrieden erforschte er die Altstadt. Sicher ist er eine alte Seele wie ich, überlegte Walter, die Altstadt erinnert ihn wohl an die einstigen Paläste auf Kreta, wo die beiden weiterhin die Sommer verbrachten. Den Kater schmuggelte er jeden Sommer auf die Insel und von der Insel, den Kater, der längst kein Knäuel in seiner Hand mehr war, sondern zehn Kilo schwer und größer als ein kleiner Hund. Durch die Kondensmilch, die er in jedes Katzenfutter zu mischen hatte, war er eindeutig fett geworden. Er wollte, schwer und behäbig wie er inzwischen war, auch nicht mehr spazieren gehen oder ihm gefielen die Katzen der Altstadt nicht. Einmal war er mit ihm ins Tierheim gefahren, in der Hoffnung, er würde eine Katze für sich entdecken, doch das war ein Fehler der Sonderklasse. Minos stellte nur die Haare auf, vergrub seinen Kopf in Walters Jacke und seine Krallen in seiner Brust. Wieder zu Hause setzte sich Minos ihm gegenüber und sah ihn anklagend an. Seit diesem Tag wollte Minos die Wohnung nicht mehr verlassen.

Du bist zu dick, sagte ihm Walter jeden Tag, doch er verschwand irgendwo, kaum holte er die Leine. Dann machen wir Gymnastik, entschied er. Er stieg auf den Sessel und lockte Minos mit Kondensmilch zu sich. Er stieg hinunter und lockte Minos mit Kondensmilch zu sich. Das machten sie zehnmal, dann erhöhte er den Schwierigkeitsgrad und stieg vom Sessel weiter auf den Tisch. Minos schaffte den Sessel mit Mühe, den Tisch mit Mühe, doch die Kondensmilch lockte und lockte und nach zwei Wochen Gymnastik wog er zwölf Kilo. Walter entschied, die Kondensmilch während der Gymnastik wegzulassen, doch ohne das Lockmittel bewegte sich Minos keinmal.

Hier könnte die Geschichte von Walter und dem von Kondensmilch zu dick gewordenen Kater enden, hätte Walters dicker Bauch bei der nächsten Einreise nach Kreta nicht einen Antiterrorspezialisten in Zivil stutzig gemacht, der ihn in ein Extrazimmer kommandierte und ihn aufforderte, seinen Oberkörper frei zu machen. Der Kater sprang dem Schengenbeamten ins Gesicht, Walter bestaunte mit immer größer werdenden Augen seine neu gewonnene Beweglichkeit, hörte sein durchaus bedrohliches Pfauchen und die spitzen, kurzen Schreie des ehrgeizigen Schengenbeamten, der sich des Katers nicht erwehren konnte. Schließlich wurde Minos dieser ungleiche Kampf zu langweilig, und mit einem zirkusreifen Drehsprung landete er auf Walters Schulter, der hingerissen von seiner Geschmeidigkeit und Sprungkraft nicht einmal bemerkte, wie der Schengenbeamte den Alarmknopf drückte. Erst als er sein blutverschmiertes Gesicht sah, ahnte er, dass die Geschichte nicht ohne Folgen bleiben würde.

Er und Minos wurden abgeführt. Beide kamen ins Gefängnis, aber nicht in eine Zelle, ja nicht einmal in ein Gebäude. Nach drei Tagen wurde Walter entlassen und machte sich auf die Suche nach Minos.

Zum ersten Mal bereute er, nie Griechisch gelernt zu haben. Kein Beamter verstand ihn, kein Einheimischer verstand ihn, die Touristen verstanden ihn, aber sie wussten so wenig wie er, wohin die Polizei seinen Kater gebracht hatte. Endlich erbarmte sich ein Polizist und fuhr ihn mit Sirenengeheul für den lächerlichen Betrag von 50 Euro in die Quarantänestation, ein paar Straßen entfernt. Ein Taxi wäre sicher teurer gewesen, tröstete sich Walter, vor allem für meine Nerven. Minos saß im hintersten Winkel seines Käfigs und war nicht bereit, auch nur einen Zentimeter näher zu kommen. Der Kater fixierte ihn mit einem so gelangweilten Blick, dass Walter augenblicklich die Tube mit Kondensmilch aus seiner Hosentasche zog. Der Kater streckte sich ausführlich, dann aber war er mit einem Sprung vor ihm und schlug ihm die Tube mit einem Pfotenhieb aus der Hand. Walter war überzeugt, seinen

Kater nun mitnehmen zu können, um endlich Urlaub zu machen in seiner primitiven Hütte am Meer, falls die Hütte alle Stürme überdauert hatte, doch dieses Mal half keine Euronote, auch mehrere Hundert-Euro-Scheine halfen nichts: Der Kater hatte drei Wochen in Quarantäne zu bleiben. Das Einzige, was er mit all dem Geld aushandeln konnte, war, dass der Kater in einen anderen Käfig kam, neben dem genug Platz für einen Sessel und eine Stehlampe für Walter war. Sobald die Quarantänestation aufsperrte, schlich er sich unauffällig zu Minos und verschwand erst mit dem letzten Wärter.

In all den Stunden dazwischen hatte er versucht, Minos mit der göttlichen Vergangenheit seiner Heimatinsel über die missliche Situation, in die er ihn gebracht hatte, hinwegzutrösten. Minos reagierte auf keine seiner Geschichten, nicht einmal, während er ihm von seinem Namensgeber erzählte, nach dem ein ganzes Zeitalter benannt ist und der keinen geringeren seinen Vater nennt als den obersten Gott Zeus, was zumindest Homer behauptet, von dem er wiederum nicht wusste, ob er wirklich oder unwirklich war, spitzte Minos seine roten Ohren. Nur wenn er während seiner Erzählung über den großen Vorfahren Minos, der von Zeus erzogen und auf den Thron gesetzt wurde, dessen phönizische Mutter keine Geringere als Europa war, weswegen Minos ebenfalls als Gott verehrt wurde, mit der Kondensmilchtube spielte, rekelte sich Minos manchmal und in seltenen, beglückenden Augenblicken spitzte er sogar seine roten Ohren.

Trotz der ruhigen Tage in der Quarantänestation sah Walter nicht erholt aus, vor allem nicht gebräunt. Diese Bemerkungen quittierte er nur mit einem Lächeln. Was ihn jedoch bedrückte: Der Kater hat die Quarantäne trotz seiner täglichen Anwesenheit und seinen Einführungen in Kretas heroische Vergangenheit, besonders die seines Namensgebers, nicht gut überstanden. Seitdem sie aus Kreta oder dem Käfig zurück waren, raste Minos an der Decke herum. Er verstand sein Bewegungsbedürfnis, doch er verstand nicht, warum er die Leine nur anpfauchte und die offene Wohnungstür nicht einmal eines gelangweilten Blickes würdigte. Vielleicht hatte er ihm zu viele Flausen ins Ohr gesetzt, vielleicht hatte Minos doch die ganze Zeit zugehört und wollte jetzt in den Götterhimmel hinauf oder seine Göttlichkeit erproben, denn wer hätte je von einer Katze gehört, die wochenlang die Zimmerdecke auf und ab raste, ohne ein einziges Mal abzustürzen? Endlich, nach drei Wochen und um fünf Kilo leichter, wollte Minos wieder an der Leine spazieren gehen und die Nächte wieder an seiner Seite verbringen, denn über die Achselhöhle war Minos längst hinausgewachsen. Die Zimmerdecke hingegen wurde nur noch mit gelangweilten Blicken bedacht.

Zum Einschlafen erzählte ihm Walter jeden Abend, was er von ihm bisher gelernt hatte, außer, dass Kondensmilch dick macht. Müde von den Anstrengungen des Tages begannen seine Sätze immer mit einem tiefen Seufzer, den der Kater mit leisem Schnurren zur Kenntnis nahm:

… ich lernte von dir den fixierenden, gelangweilten Blick, um den mich alle Freunde beneiden.

… danke, dass ich von dir lernen konnte, wie angenehm es ist, an der Leine durch die Gegend geführt zu werden.

… jetzt erst weiß ich: Die Muße ist der höchste Genuss, gleichgültig, was rings um mich geschieht, und ich weiß es nur durch dich.

… danke, Minos, danke! Du lehrtest mich, dass jede Verrücktheit eine vorübergehende sein kann.

… durch dich erfuhr ich und erfahre es täglich neu: Es genügt vollkommen, ein Wesen zu lieben.

… von dir lernte ich: Ich darf in jeder Hinsicht anspruchsvoll sein!

… du lieber Minos, ich habe von dir gelernt, dass

fremd funkelnde Momente das Vertraute kostbarer erscheinen lassen.
… ich lernte, dass die Dunkelheit erträglicher ist als das Tageslicht.
… die Menschen lernten von den Katzen die ersten Laute
– bei diesem Satz gähnte Walter ausführlich und der Kater schnurrte sich in den Schlaf.

Susanne Scholl

Das Familienoberhaupt

Es war wirklich eine der verrücktesten Familien, die man sich vorstellen konnte. Das Familienoberhaupt war groß und fett, mit Hängebauch und elegant gesträubtem Schnurrbart und einer bis zur Vollendung ausgeprägten, offenbar angeborenen Faulheit ausgestattet. Trotzdem war er es, der bestimmte, was, wann und wie getan wurde. Auch wenn er eigentlich nur wach war, wenn es ums Essen ging.

Die übrigen Familienmitglieder – eine teenagige Tochter und ein ebenso teenagiger Sohn, ganz zu schweigen von der ständig überforderten Mutter – hatten sich den Wünschen des Familienoberhauptes unterzuordnen, auch wenn die manchmal wirklich schwer zu ertragen waren.

Vor allem abends plagte das Familienoberhaupt die übrigen Familienmitglieder sehr. Denn keines konnte sich seines Bettes sicher sein, solange das Familienoberhaupt nicht entschieden hatte, auf welcher Matratze es jeweils die Nacht zu verbringen gedachte.

Türen gab es in der Wohnung der Familie nicht. Denn das Familienoberhaupt haßte Türen. Nein, die

Türen selbst fand das Familienoberhaupt ja ganz lustig – man konnte sie gut als Schaukeln benutzen und dabei gleich ein bißchen den eigenen Körper trainieren – soviel zumindest, daß man danach mit gutem Gewissen wieder nur ans Schlafen und Essen denken konnte. Die Türen wie gesagt waren es nicht – es waren die geschlossenen Räume, die das Familienoberhaupt gar nicht liebte. Vor allem dann nicht, wenn es selbst draußen vor dem geschlossenen Raum vergessen worden war.

Nach einigen unerfreulichen Auftritten hatte die Familie deshalb einfach die Türen abgeschafft. Das Familienoberhaupt hatte zwar ein bißchen gemurrt, weil ihm seine Übungsgeräte auf diese Art abhanden gekommen waren, aber jetzt gab es auch keinen einzigen Raum mehr, der ihm verschlossen blieb – sah man einmal vom Bad und anderen doch sehr intimen Orten der Wohnung ab. Im übrigen hatte es schon bald sportlichen Ersatz gefunden. Und den konnte man nicht abschaffen.

Das Familienoberhaupt verlegte sich nämlich darauf, die Füße und Beine der untergeordneten Familienmitglieder für sich zu nutzen. Als die Tochter und der Sohn noch nicht ganz so teenagig gewesen waren, war das allerdings leichter für das Familienoberhaupt gewesen. Ganz am Anfang, als er die Herrschaft in der Familie übernommen hatte, hatte er überhaupt leichtes Spiel gehabt. Abends, wenn er noch nicht beschlossen hatte, wem er in dieser Nacht die Ehre seiner schlafenden Gesellschaft zuteil werden lassen würde, setzte er sich vor die bereits im Einschlafen befindlichen Kinder und wartete.

Kaum wagte eines, sein Bein auszustrecken, begann schon die Jagd. Das Familienoberhaupt schlug nach den Zehen unter der Bettdecke, tänzelte dabei elegant am Fußende des Bettes auf und ab, ganz als ob er sich im Boxring und nicht auf einem Bett befände, und war – wenn er das jeweilige Kind wieder ganz und gar aufgeweckt hatte, sehr mit sich und seinem Training zufrieden. Es sei fast besser als die Türschaukeln, brummte er manchmal nach einer solchen Übung befriedigt vor sich hin.

Das Familienoberhaupt hatte allerdings auch einen ausgeprägten Sinn für Gerechtigkeit. Wer am Abend von ihm durch Boxübungen an den Zehen am Einschlafen gehindert worden war, konnte danach ziemlich sicher sein, sein Bett die Nacht über für sich alleine zu haben.

Eine andere sportliche Übung, die das Familienoberhaupt nach der Abschaffung der Türen sehr zu schätzen begann, war eine Art Fang-Spiel.

Da auch teenagige Kinder das eine oder andere Mal ein Bad nehmen müssen – dies aber bekanntermaßen nicht gerne und daher eher selten tun, konnte das Familienoberhaupt diese Übung allerdings für seinen eigenen Geschmack längst nicht oft genug durchführen.

War es aber wieder einmal soweit, nahm das Familienoberhaupt in einer nicht allzu gut beleuchteten Ecke der Wohnung nicht weit vom Badezimmer entfernt Platz und tat so, als sei es sehr mit sich selbst beschäftigt. Das – trotz des gemeinsamen Lebens – in der Regel ahnungslose Kind nahm – widerstrebend und mit viel Gemurre – sein Bad. Danach verließ es das völlig mit Dampf angefüllte Badezimmer meist mit nackten Beinen und nur im Bademantel.

Auf diesen Augenblick hatte das Familienoberhaupt gewartet. Kaum wurde es eines Paares nackter Beine ansichtig – da begann auch schon die Jagd. Vorne weg ein schreiendes Kind mit flatterndem Bademantel – hinterher ein fröhliches Familienoberhaupt, das es immer wieder schaffte, den einen oder anderen nicht ganz schmerzlosen Schlag an dem einen oder anderen nackten Bein anzubringen. Nach fünf Minuten hatte das Familienoberhaupt meist genug von der körperlichen Betätigung und die Kinderbeine ihre gebührende Anzahl von Kratzern erhalten. Danach konnte man sich wieder in Ruhe dem Essen und dem Schlafen zuwenden.

Eines Tages allerdings probten die untergeordneten Familienmitglieder den Aufstand und holten sich Verstärkung.

Es kam – die FRAU. Das Familienoberhaupt hielt sich zunächst fein zurück. Wohl hatte es verstanden, daß hier eine Verschwörung gegen es selbst und seine herausragende Rolle in dieser verrückten Familie im Gang war, doch da es ein gescheites Familienoberhaupt war, dachte es bei sich, man müsse erst einmal sehen, wie sich die Sache denn so entwickeln werde.

Als erstes kam wieder eine Türe in die Wohnung. Das gefiel dem Familienoberhaupt ausnehmend gut, und die ersten Tage nach dieser Neueinführung schaukelte es mit Leidenschaft und vergnügte sich damit, die Türe des Nachts sehr geräuschvoll zu öffnen. Hinzu kam der auch nicht zu verachtende Zuwachs an möglichen Schlafplätzen in der Wohnung der verrückten Familie. Doch schon sehr bald erkannte das Familienoberhaupt, daß es einem verhängnisvollen Irrtum aufgesessen war. Denn nachdem die FRAU deutlich – das heißt mit lautstarkem Protest – zu verstehen gegeben hatte, daß sie gar nicht daran denke, ihr Bett, und sei es auch nur hie und da, mit dem Familienoberhaupt zu teilen, war es mit den kleinen Alltagsfreuden auch schon wieder vorbei.

Die neuinstallierte Türe ließ sich nach wenigen Tagen nicht mehr als Schaukel verwenden und auch nicht mehr mit viel Krach in der Nacht öffnen. Daß die FRAU leicht zu erschrecken war, hatte das Familienoberhaupt zwar nicht weiter gestört, wohl aber alle anderen Familienmitglieder sehr beunruhigt. Nach wenigen Tagen, wie gesagt, war die Türe deshalb mit einer besonderen Vorrichtung versehen worden, die es dem Familienoberhaupt unmöglich machte, an ihr zu schaukeln oder sie zu öffnen, um es sich in der einen oder anderen Nacht auf dem neuen Bett bequem zu machen.

Das Familienoberhaupt war enttäuscht, ließ sich aber – als kluges Familienoberhaupt – nichts anmerken und sann auf Abhilfe. In dieser Zeit waren die teenagigen Kinder besonders wenig geneigt, ein Bad zu nehmen und danach ihre nackten Beine als Trainingsgerät zur Verfügung zu stellen.

Die FRAU allerdings war eine ausnehmend reinliche Person und daher häufig mit nackten Füßen anzutreffen. Das Familienoberhaupt lachte sich ins Fäustchen und begann ihr des Morgens mit schöner Regelmäßigkeit aufzulauern. Aber auch dieses Vergnügen dauerte nicht lange. Zum einen schrie die FRAU das Familienoberhaupt einfach an, wenn es ihre nackten Beine bearbeiten wollte.

(Eine Ungeheuerlichkeit, die das Familienoberhaupt wie ein Keulenschlag traf – denn keines der anderen untergeordneten Familienmitglieder hatte sich derlei Frechheiten bisher herausgenommen.)

Zum anderen ergriff die FRAU auch andere Gegenmaßnahmen. So zog sie zum Beispiel im feucht-dampfenden Badezimmer wollene Socken über die Füße, womit das Vergnügen des Familienoberhauptes an der Jagd nachhaltig beeinträchtigt wurde, und gewöhnte es sich im übrigen an, nur noch in dicken Jeanshosen durch die Wohnung zu gehen, was dem Familienoberhaupt die Lust am Beinspiel endgültig austrieb.

Es sollte aber noch schlimmer kommen, denn die FRAU begann nun auch den Kampf gegen andere nicht wirklich erfreuliche Eigenschaften des Familienoberhauptes, und zwar vor allem gegen seine unmäßigen Eßgewohnheiten.

Die anderen untergeordneten Familienmitglieder hatten es nie gewagt, dem Familienoberhaupt beim

Essen Vorschriften zu machen. Das Familienoberhaupt mußte nur die Nase rümpfen, sich angewidert von dem ihm vorgesetzten Essen abwenden oder ganz leise seine Meinung zu diesem Thema äußern, schon erschien wie von Zauberhand der eine oder andere Leckerbissen und in jedem Fall genug, um eine ganze Kompanie von Familienoberhäuptern gut zu ernähren.

Was zur Folge hatte, daß das Familienoberhaupt – mit Verlaub zu sagen – immer fetter wurde. So fett, daß es nicht mehr auf den Kasten im Zimmer der überforderten Mutter springen konnte, eine weitere Übung, für die es vor allem in der Nacht geschwärmt hatte, weil es da sicher sein konnte, daß die überforderte Mutter danach erstens hellwach und zweitens kaum noch in der Lage sein würde, Schlaf zu finden.

Zumal in jener Nacht, in der das – damals noch verhältnismäßig schlanke – Familienoberhaupt einen kleinen Fehler begangen hatte.

Beim Sprung auf den Kasten hatte das sonst so umsichtige Familienoberhaupt nämlich übersehen, daß an jener Stelle, an der es auf dem Kasten Platz zu nehmen liebte, eine Tasche lag, die mit kleinen Rädern versehen war. Das Familienoberhaupt sprang also – wie gewohnt – und fand sich umgehend auf dem Boden wieder. Nein, nicht ganz auf dem Boden. Der Sprung auf den Kasten hatte in der mit Rädern bestückten Tasche geendet. Die Tasche, das seelenlose, undankbare Stück, aber hatte sich mit Hilfe ihrer Räder in Bewegung gesetzt und das Familienoberhaupt ziemlich unsanft mit zurück auf den Boden vor dem Kasten genommen.

Die überforderte Mutter ging am nächsten Tag zum Arzt, weil sie dachte, ihr Herz hätte wegen der nächtlichen Rodelpartie des Familienoberhauptes in der Rädertasche unwiederbringlichen Schaden genommen.

Der Arzt allerdings versicherte der überforderten Mutter, ihr Herz sei noch ganz so wie vor der Talfahrt des Familienoberhauptes, und verordnete leichte Schlaftabletten, die die überforderte Mutter in den Abfall warf, weil das Familienoberhaupt durch leichte Schlaftabletten sicherlich nicht dazu zu bewegen gewesen wäre, seine Turnübungen auf dem Schrank aufzugeben.

Statt dessen verstaute die überforderte Mutter die Rädertasche sicher unter dem Kasten – und fuhr fort, den Körperumfang des Familienoberhauptes mit vielen Leckerbissen weiter anwachsen zu lassen, bis dieser zu groß war, um dem Familienoberhaupt weitere Sprünge auf den Kasten zu gestatten.

Als die FRAU in das Leben der verrückten Familie trat, war deshalb von derlei akrobatischen Übungen schon längst nicht mehr die Rede, denn das Familienoberhaupt war bereits viel zu fett dafür. Um es ganz deutlich zu sagen: Das Familienoberhaupt war zu diesem Zeitpunkt bereits breiter, als es hoch war, und nur noch selten zu mehr als ein paar Runden durch die Wohnung zu bewegen.

Dem wollte die FRAU nun Abhilfe schaffen – und das nahm ihr das Familienoberhaupt wirklich übel.

Von einem Tag auf den anderen wurden die Portionen kleiner, Proteste gegen die Qualität des Essens wurden nicht mehr beachtet, und schließlich gab es überhaupt nur noch eine Mahlzeit pro Tag, so sehr sich das Familienoberhaupt auch beschwerte. Die untergeordneten Familienmitglieder streuten Salz in die Wunde des Familienoberhauptes, indem sie ihm immer wieder liebevoll erklärten, daß es viel zu dick sei und irgendwann einmal an seinem eigenen Fett ersticken würde, wenn es die von der FRAU verordnete Diät nicht einhalten würde.

Das Familienoberhaupt war wirklich sehr verbittert und versuchte, die untergeordneten Familienmitglieder mit glattem Übersehen zu strafen. Allein es half nichts, die Portionen wurden nicht größer und nicht häufiger serviert.

Da schließlich kam dem solcherart von allen verratenen Familienoberhaupt seine Würde endgültig abhanden.

Immer wieder wurde es von den untergeordneten Familienmitgliedern beim Stehlen ertappt, einmal – man verzeihe mir den ordinären Ausdruck – fraß es mit Riesengeschwindigkeit einen großen Braten auf, der eigentlich für die ganze Familie gedacht war.

Die FRAU ließ sich aber nicht erweichen. Die Schränke, in denen sich Eßbares befand, wurden besser verschlossen, Nahrung, die in Küche oder Wohnzimmer auf dem Tisch stand, so streng bewacht, wie dies nur irgend möglich war – was das Familienoberhaupt, das, wenn es um sein leibliches Wohl ging, unglaublich viel Phantasie und Energie entwickeln konnte, nicht daran hinderte, munter weiterzustehlen, wann immer sich die Gelegenheit bot.

Die untergeordneten Familienmitglieder beobachteten den Zweikampf mit großem Staunen und gelangten zu der Ansicht, daß sich die FRAU tatsächlich mit Härte gegen des Familienoberhaupt habe durchsetzen können.

Dachten sie, die morgens das Haus verließen und erst abends zurückkehrten.

Eines Tages aber kam die überforderte Mutter etwas früher als gewöhnlich nach Hause und entdeckte, daß sich zwischen der FRAU und dem Familienoberhaupt zarte Bindungen – ja man hätte es fast als Liebe bezeichnen können – entwickelt hatten. Als die nichtsahnende, überforderte Mutter an diesem Tag nämlich das Wohnzimmer betrat, bot sich ihr ein Bild höchster Intimität.

Die FRAU saß in einem bequemen Sessel und las. Auf ihrem Schoß das seiner Würde völlig verlustig gegangene Familienoberhaupt mit wohlig geschlossenen Augen. Und – die überforderte Mutter konnte es nicht fassen – die FRAU kraulte eben dieses Familienoberhaupt liebevoll hinter den Ohren, was das Familienoberhaupt wiederum mit einem Geräusch quittierte, das man eigentlich nur als eine Mischung aus sehr lautem Schnarchen und jenem Lärm bezeichnen konnte, den eine Säge macht, wenn sie sich durch einen besonders dicken Baumstamm frißt.

Die überforderte Mutter war – wie gesagt – fassungslos und – ein ganz klein wenig eifersüchtig. Andererseits schien das Familienoberhaupt nicht nur mit der FRAU, sondern gleich auch mit der ganzen Familie seinen Frieden gemacht zu haben, obwohl ihm die Tür zum Zimmer der FRAU verschlossen blieb und obwohl die Menge der Nahrungsmittel, die man ihm vorsetzte, durchaus nicht seinen Vorstellungen entsprach.

So dachte die überforderte Mutter, um wenig später festzustellen, daß auch dem nicht wirklich so war. Denn um ihren Frieden mit dem zutiefst beleidigten Familienoberhaupt zu machen, hatte sich die FRAU eines ebenso einfachen wie aus Urzeiten stammenden Grundsatzes bedient, der banal, aber wirksam lautet: Liebe geht durch den Magen.

Und so hatte die FRAU immer dann, wenn die anderen untergeordneten Familienmitglieder das Haus verlassen hatten, dem furchtbar gekränkten Familienoberhaupt den einen oder anderen, kleinen zwar, aber immer sehr wohlschmeckenden Leckerbissen serviert.

Und das Familienoberhaupt so nach und nach für sich gewonnen.

Seither übt das Familienoberhaupt des Nachts immer noch sein Schreckensregime aus – nur nicht bei der FRAU. Aber – obwohl es inzwischen einiges von seinem Fett verloren hat und fast schon wieder so schlank und schön ist, wie zu Beginn seines Zusammenlebens mit den untergeordneten Familienmitgliedern – die Turnübungen auf dem Kasten läßt es jetzt bleiben.

Das aber hat wohl damit zu tun, daß eben auch Familienoberhäupter älter werden, selbst wenn sie das nie zugeben würden.

Clarissa Stadler

Ivans Rache

„Es sieht schlecht aus für ihn“, dachte Ivan bei sich, nachdem er die Lage eingehend analysiert hatte. „Und ey, Mann, er hat ganz schön abgebaut.“

Rambo, so nannte er ihn bei sich, hatte stark angefangen. Aber typisch, am Anfang großes Getöse, starke Posen und dann ließ es schon bald nach. Ivan teilte sie ein in Sprinter und Ausdauerläufer. Rambo war ein Sprinter, aber selbst das war eigentlich noch zu hoch gegriffen.

Als er zum ersten Mal bei der Tür rein kam, der Affe, zeichneten sich seine Konturen irgendwie viereckig gegen das durch die Tür einfallende Licht ab. Der Kopf kantig, die Jacke sperrig, die Treter nahezu quadratisch. Null geschmeidig.

Wie ein Kasten schob er sich den Flur entlang in Richtung Küche und drückte dort die Frau gegen den Kühlschrank. Ivan fand, dass er wie eine Kuh dabei schnaufte. Wenn er einen Küchenschrank öffnete, ein Glas abstellte, den Wasserhahn aufdrehte, den Mülleimer zumachte, dann war es immer diesen Tick zu laut. Wenn er das Radio einschaltete, hielt er es nie bei einem Sender aus, sondern schaltete die ganze Zeit nervös herum. Plärrende Musik hier, nervige Stimmen da, Fußballübertragung, Wetterbericht, nichts konnte den Mann zufrieden stellen. Dann wieder dieses Schnaufen. Irgendetwas stimmte nicht mit Rambo.

Bei seinem zweiten Besuch streifte er schon im Flur seine Latschen ab und stampfte zielstrebig ins Wohnzimmer. Dort schmiss er die Frau schwungvoll in das dunkle Ledersofa und fingerte hastig an ihr herum. Letztklassig, fand Ivan, und dass der Affe diese Nummer dringend üben müsse. Ey, Mann, das sah ja echt ätzend aus. Wenn Rambo sich nur einmal dabei zusehen könnte! Kurz schwang er sich aus dem Sofa, fummelte am Radio herum und fiel dann wieder zwischen die Kissen. Die Frau hatte blitzschnell zwei Bier aus der Küche geholt und war wieder zu ihm gekrochen. War sie krank? Sie verhielt sich völlig anders als sonst und ihre Stimme klang verrenkt. Ivan wollte gerade die Temperatur an ihrem Fuß checken (vielleicht hatte sie ernstlich Fieber?) und strich ein wenig an ihrem Bein, als sich plötzlich diese käsige Tennissocke auf sein Gesicht zubewegte. Mann! Wie krass war das denn? Das roch ja schlimmer als am Bauernhof bei Bert! Der viereckige Käsefuß kam wieder näher und zwang ihn zum Rückzug, Ivan schlug einen Haken, pirschte hinter dem Sofa zur anderen Seite und war wieder bei ihrem Bein. Jetzt machte Rambo seinen ersten entscheidenden Fehler. Er trat nach Ivan, nicht sehr fest, aber eben doch eindeutig.

Ivan verließ das Wohnzimmer und machte eine Runde durch die Wohnung. Er atmete einmal tief durch, um dann seiner ersten Eingebung zu folgen. In all den Jahren war er zu dem Schluss gekommen, dass die erste Eingebung immer die richtige war. Es geschah völlig geräuschlos und hatte etwas zutiefst Entspannendes, als sich der warme Urin in Rambos viereckigen Latschen verteilte. Der Affe würde verstehen. Mehr war dazu nicht zu sagen.

Es gab dann noch einen dritten Besuch, da ließ der Affe die Schuhe an und auch sonst lief es anders als beim letzten Mal. Die Frau hatte eine Art Abendessen vorbereitet und Kerzen angezündet (unnötig, wie Ivan fand). Sie wirkte ein bisschen genervt, aber wenigstens klang ihre Stimme nicht mehr so krank. Sie beschwerte sich gerade über irgendetwas und tigerte zwischen Küche und Wohnzimmer hin und her. Der Affe lief ihr dabei hinterher und haute ihr auf den Hintern. Ey, Mann, wie billig. Dann standen sie wieder bei der Stereoanlage und knutschten heftig. Ivan fand, dass er auch was von dem Abend haben wollte, und setzte leise zum Sprung an. Es war der gute Prosciutto, den es so selten gab, und irgendeine andere Wurst, die er nicht weiter beachtete. Wahrscheinlich war die für den Affen. Käse mochte er nur in Ausnahmefällen, aber der hier war ganz okay. Die Tomaten konnten ihm gestohlen bleiben, aber der Duft von Balsamico und Öl turnte ihn an. Sicherheitshalber leckte er noch eines der halbierten harten Eier ab, man konnte nie wissen.

Rambo bemerkte es als Erster und schrie wie ein Ochse. Die Frau war auch sauer, sie hatte jetzt wieder ihre normale Stimme. Als Rambo auf ihn losgehen wollte, schob sie sich aber dazwischen, um das Schlimmste zu verhindern. Hey, Party!

Der Typ kam dann nicht mehr, keine Nerven der Mann. Sprinter eben. Die Sache war gegessen und Ivan kratzte eine Kerbe an die Rückwand des Ledersofas. Es war die dritte in diesem Jahr.

Linda Stift

Mary

Jedes Mal wenn ich mit meiner Schwester telefonierte, miaute die schwarzgoldweißfarbene Angoramischlingskatze Mary aufgebracht im Hintergrund. Sie hasste es, wenn ihr Frauchen telefonierte, denn alle Aufmerksamkeit stand – in ihren schrägen Katzenaugen zumindest – ungeteilt ihr zu. Mary strich dabei meiner Schwester um die Beine, nicht aus Zuneigung, sondern aus Empörung. Katharina brachte keinen geraden Satz mehr heraus, ihre Gedankengänge verwirrten sich, sprunghaft wechselte sie die Themen, bis wir das Gespräch abbrachen, Marys Miauen war inzwischen so laut und leidend geworden, dass man ohnehin sein eigenes Wort nicht mehr verstand.

Als Mary starb – sie wurde überfahren und schleppte sich als blutige Fellmatte noch bis zum Haus meiner Schwester, wo sie auf der Schwelle verendete –, rief mich Katharina sofort an und teilte mir die grässlichen Umstände mit. Sie wurde von Weinkrämpfen geschüttelt und auch dieses Gespräch wurde vorzeitig beendet.

Später mussten wir unsere Telefongespräche nicht

abbrechen, weil sie gar nicht richtig in Gang kamen. Katharina stockte und schien nicht bei der Sache, als ob sie auf das Miauen und Um-die-Beine-Streichen von Mary warten würde. Und auch ich wartete irgendwie auf die Unmutsbekundungen der Katze, die mich zeit ihres Lebens ignoriert hatte, wenn ich zu Besuch war, und die ich kein einziges Mal berühren durfte, sooft ich es auch versuchte. Katharina sprach nicht darüber, aber Marys Abwesenheit lag in der Leitung wie Blei.

„Willst du dir keine neue Katze anschaffen?“, fragte ich Katharina einmal.

„Keine Katze kann wie Mary sein“, antwortete sie.

„Das soll sie auch nicht. Es geht ja darum, eine ganz andere Katzenperson mit anderen Eigenschaften und Eigenheiten zu entdecken.“

„Ich will nur so eine wie Mary eine war.“

„Das ist absurd! Das Interessante an Katzen ist doch die Unterschiedlichkeit der Charaktere!“

„Ich kann mich auf keine neue Katze einlassen. Mary hat mich total geprägt. Ich kann nur mit Marys umgehen.“

Ich ließ das Thema fallen, bis mir eines Tages ein Artikel im Internet unterkam, in dem es um Roboterhaustiere ging. Eine japanische Firma hatte eine Katze entwickelt, die mittels mehrerer Sensortasten unter dem künstlichen Fell aktiviert werden konnte. Sie miaute, schnurrte und fauchte, je nachdem, wo man sie streichelte. Zog man an ihrem Schwanz, knurrte sie. Sie konnte den Mund öffnen und sich hinlegen, aber offenbar nicht gehen. Sie hatte auch einen Bewegungssensor, wenn man sich ihr näherte, erwachte sie aus ihrem Schlafmodus und machte einen waschechten Katzenbuckel und miaute dabei.

Die Kommentare zu dem Artikel waren entmutigend. Die Katze könne nicht, wie in der Bedienungsanleitung beschrieben, sich hinlegen, sondern gehe nur halb in die Knie, was extrem unnatürlich aussehe. Sie könne auch keinen Katzenbuckel machen, sondern falte sich auf groteske Weise zusammen. Außerdem schnurre sie nicht, wenn man sie am Bauch streichle, und sie haare schlimmer als eine echte Katze in der Übergangszeit. Sie sei außerdem schlecht gepolstert, streichle man sie, dann spüre man unterhalb das Metallgestell, eine fellüberzogene Brotdose wirke lebensechter. Wenn sie sich nach längerer Inaktivität wieder einschalte, knatterten und knirschten ihr Gelenke und Scharniere wie rostiges Maschinenzeug. Ihr Gesicht und vor allem die Augen wirkten unecht, wenn nicht gar unheimlich, und die Kinder hätten Angst vor ihr. Gelobt wurde nur die Kulanz der vertreibenden Firma, die bereitwillig störrische Katzen zurücknahm und neue zur Verfügung stellte, die aber oft nicht viel besser funktionierten, selbst die Vorführkatzen in den Geschäften seien meist defekt, vermutlich sei die ganze Serie einfach falsch programmiert und die User empfahlen, ein paar Monate abzuwarten, bis die Firma alle Fehlfunktionen behoben hätte.

Der Artikel war allerdings vier Jahre alt, die Katze war inzwischen sicher weiterentwickelt und um einiges verbessert worden.

Ich fand die Firma, ihre europäische Niederlassung und rief dort an. Man konnte sich mittlerweile das Design der Katze aussuchen und ihren Charakter. Am besten wäre, sagte mir eine freundliche Dame, ich schicke das Foto, eine möglichst genaue Beschreibung der Persönlichkeit, der Wohnumgebung und der Lebensumstände derjenigen Katze, welcher die elektronische nachempfunden werden solle. Schlicht einfach alles, was für die Katze auch nur irgendwie von Bedeutung sei, je detaillierter die Beschreibung, desto authentischer die Nachbildung. Innerhalb eines Monats werde dann die Wunschkatze geliefert.

Ich war begeistert und setzte mich sofort hin, um einen ausführlichen Lebenslauf von Mary und Katharina zu verfassen, legte Fotos von den beiden und von dem Haus und dem Garten dazu, und schickte die Bestellung noch am selben Tag ab.

Sechs Wochen später erhielt ich ein Paket. Ich öffnete die Schachtel vorsichtig mit einem Stanleymesser, um die neue Katze nicht zu verletzen. Sie steckte in einer Klarsichthülle und sah aus wie Mary. In den vier Jahren hatte die Firma offenbar gewaltige Entwicklungsschritte vollzogen, ich blickte in Marys arrogantes Gesicht. Obwohl sie die Augen noch geschlossen hatte, konnte man den Ausdruck der Verachtung erkennen, der ihr Lebensmotor gewesen war.

Eine Art Taschenbuch lag weiters in der Schachtel, die Bedienungsanleitung. Ich zerriss die Klarsichthülle und streichelte vorsichtig über Marys Rücken. Die falsche Katze machte einen Sprung und fauchte mich an. Dann drehte sie sich weg und stelzte an das entgegengesetzte Ende des Zimmers, um dort, mir den Rücken zukehrend, ihr Fell zu putzen. Mich würdigte sie keines Blickes mehr. Die kurze Berührung hatte aber ausgereicht, um Marys weiches Fell und ihren pulsierenden Körper wahrzunehmen. Es war unheimlich. Ich nahm die Bedienungsanleitung und blätterte darin. Ich las, dass die Katze, wenn sie einmal aktiviert war, sofort damit begann, ihr Katzenleben zu führen, das heißt, sie blieb von da an immer eingeschaltet, man konnte sie gar nicht selbst ausschalten. Aktiviert werde sie durch Streicheln an jeder x-beliebigen Körperstelle. Ich sah hinüber zur beleidigten Katze. Wie sollte ich sie nun zu Katharina bringen? Mary ließ sich von mir schließlich nicht anfassen, geschweige denn in einen Korb und ein Auto verfrachten. Ich machte ein paar Schritte auf Mary zu, sie erhob sich langsam und ging gemessenen Schrittes in eine andere Ecke. Sie ließ keinen Zweifel daran aufkommen, dass zwischen uns ein Mindestabstand von wenigstens drei Metern herrschen müsse. Es blieb mir nichts anderes übrig, als Katharina anzurufen, damit sie sie abholte.

Ich tischte Katharina ein kleines Lügenmärchen auf, damit sie sich ins Auto setzte und zu mir fuhr, und als sie schließlich an der Tür läutete, richtete Mary sich erwartungsvoll auf. Katharina kam herein, sah Mary und rief: „Was ist das?!"

Mary erhob sich und ging auf Katharina zu, strich mit der Schnauze ihren Rocksaum entlang, an dem sie eine feine Speichelspur hinterließ, und begann dezent zu schnurren. Katharina beugte sich zu ihr hinunter und kraulte ihren Nacken. Mary begann nun laut zu miauen und drehte sich mit erhobenem Schweif im Kreis, voller bitterer Vorwürfe, wo denn ihr Frauchen gewesen war und warum es sie so lange mit mir allein gelassen hatte.

„Wo hast du diese Katze her?“, fragte Katharina mit fleckigem Gesicht und ich sagte es ihr. Ich glaube, wenn ich ihr erzählt hätte, es wäre eine echte Katze, sie hätte es geglaubt, aber ich wollte ihr die Wahrheit nicht verschweigen.

Sie fragte mich, ob ich geisteskrank sei.

„Du wolltest eine Mary, jetzt hast du eine Mary.“

„Ich kann es nicht fassen.“

Mary miaute die ganze Zeit und strich um Katharinas Beine. Empört, dass sich niemand um sie kümmerte.

Ich gab Katharina die Bedienungsanleitung und sie steckte sie wortlos in ihre Handtasche. Dann nahm sie Mary in die Arme und murmelte „unverantwortlich“, sie verabschiedete sich nicht einmal von mir, auch ein „Danke“ kam ihr nicht über die Lippen.

Ich hörte, wie sie ihren Wagen startete, und das Aufheulen des Motors jagte mir einen heißen Schauer über den Rücken. In Marys Lebenslauf hatte ich natürlich auch ihren Tod ganz genau beschrieben.

Emmy Werner

Katzenallergie

Seit ihrer frühen Kindheit liebte sie Katzen. Das Kinderurlaubsparadies in Gmunden hatte ihr die erste große Liebe zu einer Katze namens Munki beschert. Stundenlang streifte sie mit dieser Schwarzweißgefleckten in dem großen Garten herum, plauderte mit ihr, spielte mit ihr Fangerl, jagte mit ihr die bissigen Gänse. Gänseriche vor allem. Schrieb ihr dann, nach Wien zurückgekehrt, Briefe.

Stellte Munkis Porträtfoto auf ihren Nachttisch und sehnte den nächsten Sommer herbei, um Munki wieder in die Arme schließen zu können. Bis es eines Jahres ein anderes Sommerreiseziel gab.

Munki war Vergangenheit.

Seither liebte sie Katzen. Bewunderte Katzen. Wollte mit Katzen leben. Doch leider: Ab ihrem 14. Lebensjahr wurde eine sehr ausgeprägte Katzenallergie ihre ständige Begleiterin. Schon bei geringstem Kontakt mit Katzenbesitzern schnappte sie tränenden Auges nach Luft und zelebrierte Niesanfälle am laufenden Band.

Erwachsen geworden, wollte sie sich partout damit nicht mehr abfinden.

Das kriegen wir hin, sagten Tierarzt und Allergiespezialist unisono. „Da gibt es inzwischen genügend Pulverchen , die schlucken Sie regelmäßig und außerdem: Wenn Sie wirklich eine Katze haben wollen, wird die Allergie langsam, aber sicher verschwinden." „Ja, ich will, ich will wirklich", hauchte sie brautähnlich.

Also nix wie rein in die Apotheke, Pillen kaufen, einnehmen und die nächste Tierhandlung stürmen.

„Das da, das in der Auslage", hechelte sie begierig und schon war das süße weiche schwarzweißgefleckte Kätzchen in ihrer großen Ikeatasche gelandet. Katzenklo, Katzenfutter, Katzenkörbchen, alles gleich mit erworben, nur das Beste vom Besten.

In der Folge innigstes Zusammenleben. Wo blieb ihre allergische Reaktion? Kein Husten, kein Niesen, kein Augentränen. Hurra! Schmusen mit dem pelzigen kleinen Ding bis in die Puppen.

Beziehungsglück pur.

Und plötzlich eines Tages:

Das Kätzchen wird trotz Zuwendung, Fütterung und Auslauf immer magerer, mürrischer, blasser, soweit das bei einer Katze überhaupt möglich ist – und auch zusehends matter. Tierärztliche Untersuchungen – alles ohne Befund. Achselzucken auch im Labor. Ja was hat denn mein süßes kleines Kätzchen? Kein Miau wird mehr gehört, kein Fressnapf mehr geleert, dafür das Fell zunehmend räudiger. Auf Grund des immer sichtbarer werdenden Verfalls galoppiert das Frauchen mit dem Tier am Arm in die Tierklinik. Das Kätzchen wird zur Beobachtung aufgenommen. Nach drei Tagen: wieder nix zu diagnostizieren, ja das Kätzchen blüht geradezu auf in der Klinik. Nach Interrogationen bezüglich Futter und sonstiger Betreuungsusancen kommt das Kätzchen wieder zum Frauchen in häusliche Obhut. Anfangs ist es wieder ganz das alte lebhafte Wesen, springt herum, frisst genüsslich schmatzend und schnurrt wie drei Singer-Nähmaschinen gleichzeitig. Doch o weh! Nach geraumer Zeit wieder die grauslichen Symptome wie zuvor. Kätzchen siecht geradezu dahin. Also wieder rein in die Klink. Einige Tage banges Warten. Dann ein beunruhigender Anruf: Das Frauchen möge umgehend zu einer Besprechung mit dem Chefarzt erscheinen. Wieso so prominent besetzt? „Tja“, murmelt dieser, „wir haben eine ungewöhnliche Entdeckung gemacht. Ist Ihnen denn nicht aufgefallen, dass sich Ihre Katze dauernd kratzt und putzt, weit über das übliche Maß hinaus?“ „Nein, eigentlich nicht“, sagt das Frauchen schuldbewusst, „was bedeutet das?“

„Also“, sagt der Chefarzt mit sehr hochgezogenen Augenbrauen, „wir müssen Ihnen die betrübliche Mitteilung machen, dass Ihre Katze eine sehr ausgeprägte Allergie entwickelt hat.“ „Das heißt?“, fragt das Frauchen, jetzt schon ziemlich verängstigt. Zitternd. „Das heißt“, sagt der Tiergott in Weiß etwas unwirsch, „das heißt, sie reagiert allergisch. Und zwar auf SIE! So was kommt sehr selten vor, aber leider leider, in Ihrem Fall ist das tatsächlich … nehmen Sie sich halt ein anderes Tier, einen Vogel vielleicht, hahaha …“

Sehr witzig.

In der Tierhandlung wurde das Kätzchen anstandslos – weil ärztliches Attest vorhanden – gegen einige Pixi-Tierbücher mit vielen putzigen Katzenbildern umgetauscht. Die Händlerin setzte das Kätzchen neben einen Papageienkäfig samt Papagei. Soll sich das undankbare Geschöpf doch von dem eine Allergie holen, dachte die Katzenmutter außer Dienst; oder besser noch die Papageienkrankheit.

Was sie aber jetzt doch ein wenig nachdenklich machte:

Wer oder was reagiert noch aller allergisch auf sie? Möglicherweise? Strengste Beobachtung ihres Bezugsumfeldes, was dessen Niesen und Augentränen betrifft, war nunmehr angesagt, komme, was wolle. Der bzw.

die eine oder der bzw. die andere würden dann eben gemieden werden müssen. Sie war schon recht neugierig, wen es da treffen würde. Hoffentlich die Richtigen.

Erika Wimmer

Katzen, kein Jammer

Die Brille sitzt dir fest auf der Nase, trotz des Gefechts, die Haarspange hält dir die Stirn frei, du hast gute starke Haare, noch immer, sagst du. Nur das Gebiss fällt dir manchmal vom Gaumen und schiebt sich nach vorne durch die Lippen, das verleiht dir für einen Augenblick den Ausdruck eines Nagetiers, doch gleich bringt dein Mund durch eine saugende Bewegung die Zähne wieder in Position. Ich mag den Stolz, der dir im Gesicht steht, als du, mehr durch Zufall denn durch Gewandtheit, plötzlich beide Katzen zu fassen kriegst und an deine Brust drückst – und ich drücke auf den Auslöser, zwei, drei Mal, immer wieder. Später, im Betrachten der Fotoserie, werde ich das Wort Stolz durch ein anderes ersetzen: Es ist Triumph, Triumph vielleicht darüber, dass du immer noch da bist, deinen eigenen Erwartungen zum Trotz. Und plötzlich etwas ganz Neues: Wie kaum jemand kannst du verschmitzt dreinschauen. Ob diese bübische Lust bei dir schon früher sehr ausgeprägt war oder erst jetzt so richtig zum Vorschein kommt? Was weiß man schon, sieben Leben haben Katzen, sieben Leben hast auch du.

Deine Arme sind dünn und schwach und so gar nicht geschickt, die Katzen entwinden sich der Umklammerung. Die Schwarze macht erst einen Buckel, stakt dann über dein Kopfkissen, streift mit den Beinen deine linke Schläfe und streicht dir am Ende mit dem Schwanz übers halbe Gesicht. Augenscheinlich fährt dir Juckreiz in die Nase, ein unwillkürliches Zittern und Zucken lässt deine Falten tanzen. Der Tiger hat auf der Stelle seine Chance gewittert, nachdem die Konkurrenz sich verzogen hat, ist er sogleich zu deinen Armen und Händen zurückgekehrt. Deine Finger wühlen sich in sein Fell, augenblicklich erhebt sich Schnurren und lässt eure beiden Körper gemeinsam vibrieren, kaum merklich. Deine Fingerspitzen kneten ins Weiche, doch nun will auch der Tiger verwöhnt werden und setzt sich dir auf die Brust, du lachst. Wie diese Katzen dein ausgedünntes Leben, dein Schwächeln, die Leidenswolken und Trotzklebemassen zum Verschwinden bringen, ich staune. Bring ihr öfters Katzen und sie wird hundert, murmelt dein Sohn.

Der Raum tönt und summt, du, sonst so schweigsam, redest wie ein Wasserfall, du sprichst mit den Tieren, deine Stimme hat an Volumen gewonnen, tiefer ist sie geworden, und die Worte sind sicher gesetzt. Zwischendurch prustet Lachen ungewohnt laut aus dir heraus. Die Katzen knäueln sich auf deiner Decke, auf deinem Bauch, deine Hände fahren dazwischen, ich sehe die knochigen Schultern unter dem Nachthemd, die Ärmchen, die schlaffe Haut. Und dünn die Finger, zitternd greifen sie aus. Was ist es, was dir hier widerfährt?

Schon früher bist du Tieren mit Affenliebe begegnet. Euer Hund war nur dir ganz ergeben, du hattest immer mehrere Katzen und Meerschweinchen und liebtest sie alle, mit den Katzen konntest du umhertollen, sogar im Alter noch, das Ratschen deiner Vögel vergöttertest du und erst recht ihr Zwitschern und Tirilieren. Zusammen mit den Singvögeln konntest du deine Stimme bis zur Höchstform entfalten, erzählte man mir. Berichte wie diese haben mich dazu gebracht, an Tiere zu denken, meine Schwarze und den Tiger im Korb und unter viel Geraunze und Gewusel hierherzubringen. Lass doch, Katzen mögen das nicht und was soll es ihr bringen, hat dein Sohn gebrummelt.

Schon lang hat dich nichts mehr gefreut. Keine Radiomusik, sie war dir nur Dröhnen, kein Heimessen, es war dir eine Zumutung, nicht das Geplauder der Besucher, dem du ohnehin kaum folgen konntest, auch mit Hörgerät nicht. Und schon gar nicht wolltest du mit den anderen im Haus auch nur das Geringste zu tun haben. Bloß dasitzen und Stirne runzeln. Am Strohhalm aus der Milchpackung trinken und Gummibärchen kauen. Magerer und magerer werden. Da und dort ein zaghaftes Blättern in der Frau im Spiegel oder der ganzen Woche. Allenfalls eine Stunde Musikantenstadl am Abend, wegen der bunten Bilder. Schlafen, sooft und so lange es ging, nur das wolltest du. Und sterben.

Sieben Leben. Erstens, das Prinzessinnengehabe deiner Jugend. So jung, doch du hast schon den sechsten Sinn. Hoch hinaus wollen, die Schönste sein sowieso und einen guten, erfolgreichen Mann. Hochfrisur, blond, tiefer Ausschnitt, Dirndlkleid. Oder Kostümchen, Stöckelschuh, ganz schön geritzt. Spott um die Mundwinkel, Hand in der Hüfte, graziöses Posieren der Beine. Traummann, wo bist du, und wer mich will, der muss es schon bringen.

Du packst den Tiger unter den Vorderbeinen und hebst ihn hoch wie ein Baby, ziehst ihn heran, seine Schnauze dicht an deinem Mund, du schaust ihn selig an und drückst ihm die Lippen zwischen seine Augen. Du lässt zu, dass die Schwarze deinen Kopf umstreicht, dein Gesicht schwänzelt und füßelt und leckt, dir Haare und Haarspange aus der Fasson bringt und mit ihren Krallen auf dem Stoff deines Nachthemds Fäden zieht.

Zweitens, dein Mann. Groß gewachsen, gut gebaut. Gesellschaften mit gewalkten Joppen, sein Arm um deine Schulter, lässig. Küsschen da, Händedruck dort. Getäfeltes draußen und drinnen, Almhütten, Gasthausgejohle, beim Schunkeln die Münder weit aufgesperrt. Nie ohne Lieder und der Wein tiefrot, das Bier golden. Reich ist er nicht, dein Mann, aber einer wie er, der macht seinen Weg: Bahneler, Unterhalter, Spaßmacher. Und anpacken kann er, deine Wangen sind blass, der Bauch ist gewölbt.

Noch ein Leben. Der Jüngste im Wagerl, der Ältere an deiner Hand. Im Gesicht: Königin jetzt. Dein Mann macht Karriere, in der rechten Gesellschaft, bei der Partei. Die Uniform knapp geknöpft über Muskeln, fesch gestriegelt von dir. Du, in Sängerinnenpose. Jetzt willst du Diva werden, das Singen war immer schon dein Metier. Üben mit dem Radio, Soli vor Gruppe, Applaus, Applaus. Wenn erst die Kinder, dann gehst du zur Oper. Die Figur voller, der Rock länger und weiter, du schwingst im Gehen, lässt die Absätze klappern.

Und jetzt alles raus aus dir, an dir nichts mehr dran. Du isst nicht mehr, du leidest nicht Hunger, du verhungerst in Raten. Was immer sie dir auf den Tabletts hereintragen, es scheint nichts als Brechreiz hervorzurufen, du presst die Lippen zusammen, wendest den Kopf ab. Manchmal benennst du die Dinge: das Gschlader, der Baatz, das Zeug, der Dreck. In Soße schwimmend, puddinghaft wabernd, abgestanden und verkrustet, zur Geschmacklosigkeit verkocht. Hartnäckig streikst du und verlierst die Kilos. Was deine Kinder dir bringen – Erdbeeren, Birnen, Äpfel, Süßigkeiten, Milch, Knäckebrot, ein paar Nüsse –, es lässt dich noch überleben, für eine Weile. Wirklich ernährt bist du nicht, und das willst du auch so.

Doch heute ist alles ganz anders, der Tag ist satt, rund, freundlich. Obwohl es draußen windet und regnet, fluten Wärme und Licht durchs Zimmer. Schwarzbehaart und getigert schmeichelt und schnurrt es um dich herum, dass einem ganz kraus wird, es kost und drückt dich, rötet und polstert dir die Wangen. Je länger das Gewurl andauert, desto mehr kehren Saft und Kraft in deine dünnen Arme zurück. Schicht um Schicht weicht die sonst so spröde Schale deines Wesens auf. Katzen, kein Jammer. Zuckende Ohren, rosa Schnauzen, wollige Bäuche, Miau und Mio.

Du bist nicht zur Oper, du hast noch zwei Töchter und einen Sohn. Ihr seid jetzt zu siebt, und dann der Krieg. Dein Mann unterwegs, in Russland, Italien und sonst wo. Züge über gefrorene Erde, tausende von Kilometern weit. Transporte, es wird ausgeladen, aufgeladen, Menschen in Lumpen, Hunger und diese Kälte. Dein Mann, er steht nicht mehr unten, er dirigiert. Steht in der Mitte und navigiert die Züge nach Befehlen von oben. Du weißt nicht, was er und wozu und für wen, was sie alle. Du willst es nicht wissen, was geht es dich an. Dunkle, grausame Zeit, nur die Sprüche der andern geben dir Durchblick und Aussicht. Auf dem Land in Tirol ist doch alles nur halb so schlimm.

Schon lang hat dich nichts mehr gefreut, und jetzt das. Dein Sohn streicht dir das Haar aus der Stirn und richtet die Spange, deine Hände streicheln und streicheln, du lächelst. Verzückung auf deinem Gesicht. Du bist über neunzig, doch seltsam, noch kaum ergraut. Vielleicht dein Widerstand gegen den Verfall des Körpers, halb von hinten betrachtet mag man dir sechzig Jahre geben, nicht mehr. Du trägst ihn immer noch hoch, deinen Kopf, schön sein sowieso und vor allem anders als alle andern.

Pfoten wedeln vor deinem Gesicht, kitzeln dich am Kinn, deine Hände halten den Körper, das Köpfchen des Tigers. Du liegst entspannt auf den Kissen, die Augen geschlossen, erste Müdigkeit macht sich breit, bei dir, aber auch bei den Katzen. Ihr rastet gemeinsam, ein Augenblick Ruhe inmitten des Trubels, den hältst du nicht durch, du bist das nicht mehr gewöhnt. Ein friedliches Bild bietet sich deinem Sohn, er sitzt auf dem Stuhl und schüttelt den Kopf, kann die Wandlung nicht glauben. Du konntest dich nicht mehr entspannen, schon lange nicht mehr, und immer Tabletten gegen Kopfschmerz, gegen das Brennen im Bauch. Und Klagen und Schimpfen. Doch nun liegst du da, aus dem Denken gefallen. Die Schwarze hat sich auf dich gerollt, aus deinem Mund ein Seufzen, weich und gelöst.

Sieben Leben und fünftens. Der Krieg ist aus und das Wenden des Blatts, Überraschung und Schmach. Kopfüber alles, was einmal und recht und richtig. Da und dort Tuscheln und harte Worte, sonst Schweigen. Eis, Frost, Kante, Grube. Bruchharsch und Bergsturz in deinem Heim, kein Bahneler mehr und kein Recht und nichts. Und anderswo keine Arbeit, die Grenzen geschlossen. Du hast fünf Kinder und einen Vogel im Käfig, der einzige, der noch singt.

Du gibst dich mit denen im Heim nicht ab. Das gemeine Volk mag sein Auskommen finden, du findest es nicht. Sie mögen sich behelfen, mit Kartenspiel, mit Gesprächen, doch alles nur Täuschung, alles nur Tand. Was geht es dich an, ob der Tag schnell vergeht oder nicht? Die andern lenken sich ab, sie haben noch Hoffnung. Doch dafür bist du nicht mehr zu haben, Stirnrunzeln und die Wahrheit wissen, da ist nichts mehr, später. Es gibt nur noch das.

Sechstens. Dein Mann ist noch jung, doch aus dem Leben der andern, der Arbeit gesperrt. Rehabilitiert, doch nicht ganz. Die Rente, zum Essen und Wohnen und Heizen gerade genug. Fünf Kinder, gut geraten, alle lustig, und du hast das Hüten und Sorgen, das Putzen und Waschen. Und Reste von Träumen, es wird schon. Der Stolz und die Kraft von drei Kaisern, du lässt dich nicht gehen, niemals. Durchhalten, und einmal erfüllt sich dein Schicksal. Was dir zusteht. Jemand sein und es allen beweisen.

Die Tür wird aufgerissen, ein Pfleger, sein Blick verharrt in der Öffnung, dann wird sie wieder geschlossen. So anders ist es bei dir als sonst, dass man nicht weiß und zurückweicht. Die Schwarze ist hochgefahren, sie streckt sich und miaut. Dein linkes Auge nur halb geöffnet, das andere zu, liegst du reglos da und spähst nach dem Tier, nach dem Knäuel an deinem Körper. Nur die Finger bewegst du, sie massieren den Hals des Tigers, ganz leicht. Der legt sich zur Seite, verlangt nach mehr und entblößt dir den weißen Bauch. Du öffnest das rechte Auge, schaust ein wenig um dich, ganz bei dir. Schmunzeln kehrt in dein Gesicht zurück, die Schwarze gesellt sich dazu, ihr seid nun ein glückliches Dreieck: Zwei Arme, zwei Katzen und du. Ich mache noch einmal Fotos.

Sieben Leben hat die Katze, ein siebtes hast auch du. Bergab und hinab. Dein Mann im Spital, Schatten seiner selbst, und ein Sechstes in deinem Bauch. Sie geben ihm noch zwei Jahre, es werden drei. Er verliert ein Viertel seiner Masse, die Hälfte, dann alles. Bruch, Schutt, Asche, drei Jahre sind schnell vorbei, und du stehst mit den Sechsen am Grab. Klick, es gibt Bilder. Du gehst inmitten der Großen und Kleinen die Straße hinunter, klick. Die Nachbarn aus dem Fenster, hinterm Vorhang. Man begafft dein verhuschtes Leben, am Haustor drehst du dich um. Dein Blick, klick, trifft die Linse, trifft uns.

Doch sieben Leben sind nur die Hälfte der Zeit. Du bist keine fünfzig, du hast noch einmal so viele Jahre vor dir. So viele Jahre, und was für ein Leben.

Und die Großen schon bald in die Lehre und die Mädchen unter die Haube. Und sorgen und klemmen und keppeln. Knapp die Waisengelder und Witwenrente, gemaßregelt dein Herz. Doch eins ist sicher: In der

Küche wird nicht gespart. Du kochst gekonnt, fein und üppig. Was übrig bleibt, hebst du nicht auf, es fällt in den Kübel und kommt zum Kompost. Weil du hast deine Regeln und deinen Stolz, du bietest dem Leben die Stirn.

Die Knochigkeit deines Ellenbogens in meiner Linse. Die Falten und Furchen, der magere Hals, die hängende Haut. Aus dem Leintuch ein dürres, durch dicke Strümpfe versteiftes Bein, verbogene Zehen, vernachlässigte Nägel. Und kaum genug Muskeln zum Sitzen. Doch Katzen sind leicht und geschmeidig, sie kommen entgegen, sie passen sich an. Und wenn man nur liegt und wenn man nichts kann, so lässt sich's mit ihnen doch wurlen und quirlen, es geht ganz von selbst. Du bist zwar noch dünn, doch doppelt so voll. Du bist zwar noch faltig, hast doch keine Runzeln. Was trocken war, ist jetzt feucht. Das Graue an dir ist Rosa und Gelb. Und der scharfe Geruch deines Körpers hat sich verflüchtigt.

Schließlich der Aufbruch: Quietschen, Zetern und Wehren. Versteckspiele unter Decken und Kissen, zwischen bestrumpften Beinen. Waghalsige Sprünge über das Fensterbett mit Blumentöpfen auf das fahrbare Kästchen mit Gläsern und Tellern, Toben durchs Zimmer oder Quetschen und Drücken in Ecken und Nischen. Geschrei, noch einmal Gefecht und Gelächter. Deine Stimme tief und sonor. Der Korb, und am Ende nichts als Geraunze. Ich schaue und sehe, du hältst dich. Du sinkst nicht, du fällst nicht zurück.

Petra Hartlieb

Das Lächeln der Siegerin

Sie sah ihn manchmal in der Kantine, seltener im Aufzug und einmal frühmorgens trafen sie sich beim Fahrradständer vor dem Bürohaus. Susanne kannte seinen Namen nicht, sie wusste nur dass er in der IT-Abteilung des Umweltbundesamtes arbeitete, und die war irgendwo im dritten Stock. Seit fünf Jahren war sie hier beschäftigt und das erste Mal hatte sie ihn vor ein paar Monaten gesehen. Damals stand er in der Kantine vor ihr, hatte einen Salat und ein stilles Wasser auf dem Tablett und als sie ihre Portion in Richtung Kassa schob, schubste sie seines an und das Wasser ergoss sich über die Salatschüssel.

„Entschuldigung. Es tut mir schrecklich leid. Ich kauf Ihnen einen neuen."

„Kein Problem, der Salat ist sowieso immer zu sauer."

Er lächelte sie zerstreut an und setzte sich zu seinen Arbeitskollegen, weit entfernt von Susannes Stammplatz.

Seit damals grüßten sie sich, wenn sie sich zufällig über den Weg liefen, leider war das in dem riesigen

Gebäude nicht allzu oft der Fall. Susanne war seit drei Jahren Single und der Salatesser aus der IT-Abteilung hatte es ihr richtig angetan. Doch für mehr als ein gehauchtes „Guten Morgen“ reichte ihr Mut nicht.

Am vierzehnten Dezember öffnete Susanne die Datenbank, an der sie gerade arbeitete, und statt einer sauberen Zahlenkolonne ihrer Excel-Liste blinkten ihr bizarre Zeichen entgegen. Viele Herzchen waren dabei, skandinavische Sonderzeichen, Klammern in allen Formen. Ihre Kolleginnen und der Abteilungsleiter standen ratlos davor und schließlich wählte Susanne die interne Rufnummer für Computer-Probleme.

Fünf Minuten später stand er vor ihr. Blickte auf ihren Bildschirm, dann erst in ihr Gesicht und als er sie wiedererkannte, lächelte er. „Hallo. Wir kennen uns doch.“

„Ja. Ich habe Ihren Salat verdünnt.“

„Stimmt. War gar nicht schlecht. Wie gesagt, er ist ohnehin immer zu sauer.“

Er brauchte ungefähr eine halbe Stunde, um ihre Liste zu retten, ein Virus hatte sich eingeschlichen und als er ihr zum Abschied seine Karte auf den Tisch legte, wusste sie endlich seinen Namen. Christian Santner. Durchwahl 245.

Die Weihnachtsfeier zwei Tage später hatte Susanne

schon seit einer Woche im Magen gelegen. Sie war nicht geschaffen für solche Veranstaltungen, zu schüchtern, zu ungelenk, Alkohol vertrug sie schlecht und die einst mühsam erlernten Tanzschritte hatte sie längst vergessen. Sie saß am Tisch mit ihren Abteilungskolleginnen, Monika und Evelyn, beide nicht unbedingt das, was man Stimmungskanonen nennen würde. Entgegen ihren Vorsätzen trank sie ein paar Gläser Prosecco und als sie sich schließlich beim Buffet anstellte, spürte sie deutlich, wie ihr der Alkohol zu Kopf gestiegen war. Sie nahm sich rasch ein paar herzhafte Dinge, Hühnerschenkel, Koteletts, Kartoffelsalat und ein paar Würstchen und balancierte den Teller zurück zu ihrem Tisch. Da stand er vor ihr. Christian Santner, mit einem Teller Salat in der Hand und einem schiefen Grinsen im Gesicht.

„Ich bräuchte mal wieder Ihre Hilfe. Der Salat ist ungenießbar."

„Ich kann heute nur mit Prosecco dienen, aber vielleicht wär der ja gar nicht schlecht."

Susanne merkte, wie sich ihre Wangen röteten. Sie bemühte sich dennoch ihm ins Gesicht zu schauen und hielt den Teller mit den Fleischbergen etwas verborgen. Doch zu spät, er hatte es längst bemerkt.

„Na, wenn Sie Ihre Schlachtplatte hier vertilgt

haben, könnten wir ja eine Runde tanzen, was meinen Sie?"

„Ja, mal sehen. Ich wollte nicht mehr lange bleiben."

Susanne hörte sich den Satz sagen und verfluchte sich innerlich. Warum musste sie immer so abweisend und unspontan sein, konnte sie nicht einmal charmant oder schlagfertig antworten?!

An ihrem Tisch hatten Monika und Evelyn ihren kurzen Wortwechsel mit Christian Santner natürlich mitbekommen.

„Wow. Du hast ja eine Eroberung gemacht! Der Santner, der gilt als einzig interessanter Single im ganzen Umweltbundesamt!"

„Ja und? Wir haben uns nur kurz unterhalten. Kein Grund zu gackern."

Susanne war der Appetit inzwischen vergangen, sie knabberte lustlos an einer Hühnerkeule und hatte nichts dagegen, dass Evelyn sich über die Würstchen und den Kartoffelsalat hermachte.

Als er schließlich eine Viertelstunde später vor ihrem Tisch stand, sprangen die beiden Kolleginnen auf. „Ich hol mir noch Nachtisch", verkündete Monika und Evelyn kicherte: „Und ich muss mal für kleine Mädchen." Christian Santner zog sich einen Stuhl näher zu Susanne, blickte ihr in die Augen und reichte ihr förmlich die Hand.

„Ich bin übrigens Christian."

„Susanne. Freut mich."

„Mich auch und Susanne weiß ich schon. Schließlich stehst du ja im internen Telefonverzeichnis."

Susannes Herz machte einen kleinen Sprung. Er hatte ihren Namen nachgeschlagen! Monika und Evelyn waren diskret genug, sich anderen Kollegen zu widmen, und Susanne und Christian sprachen das gesamte Amt durch, Susanne berichtete von ihren beiden großen Projekten, an denen sie arbeitete, und Christian hörte aufmerksam zu. Er mache nur Computerkram, das sei nicht so interessant, meinte er und irgendwann nahm er sie einfach an der Hand und zog sie in Richtung Tanzfläche. Die war inzwischen gut gefüllt, ein Kollege der Abteilung *Biologische Vielfalt & Naturschutz* sorgte für breitenwirksame Tanzmusik und Susanne war erstaunt, als Christian sie auf klassische Art in den Arm nahm und sie behutsam in seinen Rhythmus lenkte. Jahre war es her, seit Susanne auf diese Weise getanzt hatte, doch nach wenigen Minuten fanden ihre Beine die Schrittfolgen wie von selbst.

Und auch alles andere passierte scheinbar irgendwie ohne Susannes Zutun. Als sie weit nach Mitternacht das Bürogebäude verließen, schneite es in dicken Flocken, und man konnte nicht einmal den Donaukanal erkennen. Hand in Hand liefen sie die Lände entlang und als Christian in eine kleine Gasse einbiegen wollte, blieb Susanne stehen, steckte die Hände tief in die Manteltaschen.

„Ich sollte hier auf ein Taxi warten."

„Und dir dabei eine Erkältung holen. Ich wohne gleich ums Eck, bei mir ist es schön warm."

Er sah sie dabei so treuherzig an, dass Susanne ihren Vorsatz, dem sie seit vielen Jahren treu war, rasch über Bord warf: „Niemals beim ersten Mal mit nach Hause gehen." Sie kannten sich schließlich schon länger, waren ja auch Arbeitskollegen, was war schon dabei?

Fünf Minuten später schloss er eine Haustür auf und als sie sich im grellen Licht eines Aufzuges gegenüberstanden, war Susanne schlagartig nüchtern. Sie wendete sich vom Spiegel ab und vergrub ihre Nase in seinem feuchten Wintermantel. Er nahm behutsam ihr Gesicht in seine Hände und küsste sie sanft. Das „Pling" des Lifts ließ sie zusammenzucken und auch im Treppenhaus küssten sie sich weiter. Christian schloss im Dunkeln die Wohnungstür auf und schob Susanne in einen kleinen, dämmrigen Flur.

Wie genau sie ins Schlafzimmer gekommen waren, konnte Susanne im Nachhinein nicht mehr genau rekonstruieren, sie erinnerte sich nur an das ungemachte Bett mit den leicht muffigen Bezügen, in dem sie plötzlich lag, ihr Traum aus der Kantine neben ihr. Endlose Küsse, zarte Umarmungen, vorsichtiges Tasten, die Winterjacken waren irgendwo am Weg verloren gegangen, jetzt mussten sie nur noch, den Rest der Kleidung loswerden.

Sie bemerkte es, als er ihr den Pullover über den Kopf zog. Irgendwas stimmte plötzlich nicht mit ihren Augen. Wenn sie sie schloss, war es, als hätte jemand Sandpapier zwischen Augäpfel und Lid gespannt, wenn sie sie öffnete, juckte es so, dass sie sich am liebsten mit beiden Händen in die Augen gefahren wäre. Susanne versuchte das lästige Gefühl zu ignorieren, zumal Christian gerade dabei war, ihren BH aufzuhaken. Er stellte sich erstaunlich geschickt an und als er ihre Brüste mit beiden Händen umfasste, durchfuhr Susanne ein wohliger Schauer. Lange war es her, seit sie das letzte Mal Sex gehabt hatte, an den letzten wirklich guten konnte sie sich kaum mehr erinnern. Das fühlte sich ja vielversprechend an. Christian bedeckte sie mit kleinen Küssen, schälte sich aus seinen schwarzen Jeans und legte ihr fragend die Hand zwischen die Beine. Susanne antwortete mit einem kräftigen Niesen. „Tschuldigung“, murmelte sie und half ihm, ihren Rock und die Strumpfhose abzustreifen. Da lag sie nun, nackt und voller Erwartung, doch irgendwie hatte sie das Gefühl, ihre Schleimhäute funktionierten nur in Augen und Nase. „Ich muss mal ins Bad. Wo ist das denn?“

„Gleich die Tür da drüben. Alles klar mit dir?“

„Ja, ja. Ich bin gleich wieder da.“ Christian zündete ein Kerze neben dem Bett an und Susanne öffnete die Tür zu einem kleinen Badezimmer. Sie fand keinen Lichtschalter, doch was sie im Schein der Straßenlaterne im Spiegel erkennen konnte, reichte ihr auch so: Ihre Augen waren rot wie nach fünf Stunden Schwimmen in stark gechlortem Wasser und aus ihrer Nase floss ein kleines Rinnsal durchsichtiger Konsistenz. Sie wusch sich das Gesicht, putzte sich die Nase mit Klopapier. Susanne verwarf den Gedanken an Psychosomatik und kehrte in Christians Arme zurück. Der war deutlich zurückhaltender und so versuchte sie die Stimmung wieder etwas anzuheizen, setzte sich rittlings auf ihn und massierte seine mageren Schultern, bedeckte seine Brust mit Küssen, wanderte mit der Zunge Richtung

Bauchnabel und ... beendete die Reise mit mehreren Niesern. „Ich glaub, ich hab mich erkältet“, meinte sie kleinlaut und Christian zog fürsorglich die nicht mehr ganz frische Bettdecke über sie. „Du Arme. Brauchst du was? Tee? Aspirin?“

Was ich brauche, ist guter Sex, wollte Susanne rufen, doch aus ihrem Mund kam nur ein klägliches Krächzen, das rasch in einen trockenen Hustenanfall überging.

Christian nahm sie in den Arm und wie mit einem Schlag war jegliches Begehren aus dem Raum verschwunden. Susanne versuchte sich auf ihren Atem zu konzentrieren, Christian war wohl aus Höflichkeit damit beschäftigt, nicht zu schnell einzuschlafen, doch nach wenigen Minuten hörte Susanne ein gleichmäßiges Atmen an ihrer Seite. Sie schälte sich vorsichtig aus seiner Umarmung und holte sich eine Rolle Klopapier. Das Jucken ihrer Augen hatte inzwischen ein wenig nachgelassen – oder sie hatte sich einfach daran gewöhnt –, viel mehr Sorgen bereiteten ihr die Kurzatmigkeit und der trockene Reizhusten, der sie alle paar Minuten überfiel. Sie legte sich auf den Rücken und versuchte flach zu atmen, eigentlich wollte sie nur nach Hause, in ihre Wohnung, in ihr Bett. Doch wenn sie jetzt ginge, wie sollte sie dann Christian Santner in Zukunft gegenübertreten? Doch egal, ob sie bliebe oder verschwände, sie fühlte sich als klägliche Versagerin, ihr Körper hatte ihr einen üblen Streich gespielt, wahrscheinlich wäre es das Beste, sie würde dem Sex entsagen und ihre Energie in eine Psychoanalyse investieren.

Irgendwann schlief Susanne doch ein und als sie die verschwollenen Augen wieder öffnete, fiel fahles Dämmerlicht durch die schmutzigen Scheiben. Christian lag neben ihr, eine Hand quer über ihren Bauch, die Lippen leicht geöffnet, die hohe Stirn in Falten gelegt. Ein seltsames Geräusch drang aus seinem Mund. Es war kein Schnarchen, es hörte sich eher an wie ein sehr gleichmäßiger Rasenmäher. Im Morgengrauen? Im Dezember? Mitten in Wien? Susanne schob Christians Arm von sich und setzte sich auf. Die Geräuschquelle befand sich keine zwei Meter von ihr entfernt, auf einer Kommode neben dem Bett: eine riesige, getigerte Katze, die Vorderpfoten verschränkt. Sie fixierte Susanne aus halb geöffneten Augen. Wie auf Kommando begann Susanne zu niesen, ihre Atemnot wurde fast unerträglich und sie wollte nur noch eines: raus hier. Sie suchte ihre Kleidungsstücke, versuchte dabei so wenig Lärm wie möglich zu machen. Als sie den Pullover vom Boden hob, stieb ihr eine Wolke Katzenhaare entgegen und Susanne versuchte erst gar nicht mehr, die Tränen und den Rotz aus ihrem Gesicht zu wischen. Die Katze starrte sie dabei unentwegt an und als Susanne an der Tür einen letzten Blick zurück ins Schlafzimmer warf, sprang das Tier von der Kommode ins Bett und legte sich mitten auf das Kopfkissen, auf dem Susanne ihre durchwachte Nacht verbracht hatte. Sie schien zu lächeln.

Die Autorinnen

Adler Polly (Pseudonym für Angelika Hager), geboren 1963 in Baden bei Wien, lebt in Wien. Redakteurin beim Nachrichtenmagazin „profil“, Autorin der „Polly Adler“-Kolumnen in der Tageszeitung „Kurier“. Werke u.a.: „Chaos de Luxe“, „Pollywood“, „Nur Idioten sind glücklich“, „Polly-Klinik 2011“

Andrea Maria Dusl, geboren 1961 in Wien, lebt in Wien. Kolumnistin, Schriftstellerin, Filmemacherin und Zeichnerin. Werke u.a.: „Blue Moon“ (Film), „Boboville“, „Channel 8“

Luisa Francia, geboren 1949, lebt in München. Schriftstellerin und Filmemacherin, Beschäftigung mit Matriarchat und Schamanismus. Werke u.a.: „Mond, Tanz, Magie“, „Die Göttin im Federkleid“, „Kubabas Granatapfel“

Julia Franck, geboren 1970 in Ost-Berlin, lebt in Berlin. Schriftstellerin. Ausgezeichnet mit dem Deutschen Buchpreis 2007. Werke u.a.: „Lagerfeuer“, „Die Mittagsfrau“

Gisela Getty, geboren 1949 in Kassel, lebt in München. Fotografin und Schriftstellerin. Werke u.a.: „Future Sex“ (mit Zwillingsschwester Jutta Winkelmann), „Die Zwillinge oder Vom Versuch, Geist und Geld zu küssen“ (mit Jutta Winkelmann), „The Twins“ (mit Jutta Winkelmann)

Andrea Grill, geboren 1975 in Bad Ischl, Oberösterreich, lebt nach Aufenthalten in Amsterdam, Neuchâtel und Bologna heute in Wien. Biologin, Übersetzerin und Schriftstellerin. Werke u.a.: „Der gelbe Onkel“, „Zweischritt“, „Tränenlachen“, „Das Schöne und das Notwendige“

CHRISTINE HAIDEN, geboren 1962 in Euratsfeld, Niederösterreich, lebt in Neuhofen an der Krems. Journalistin und Autorin, Chefredakteurin der Zeitschrift „Welt der Frau". Werke u.a.: „Maximilian Aichern", „Vielleicht bin ich ja ein Wunder", „Trotzdem"

PETRA HARTLIEB, geboren 1967 in München, lebt in Wien. Buchhändlerin und Literaturkritikerin. Werke: „Auf der Strecke. Ein Fall für Berlin und Wien" (gemeinsam mit Claus-Ulrich Bielefeld)

SILKE HASSLER, geboren 1969 in Klagenfurt, lebt in Retz in Niederösterreich. Dramatikerin und Librettistin. Werke u.a.: „Azrael", „Kleine Nachtmusik", „Qualifikationsspiel", „Jedem das Seine" (mit Peter Turrini)

CHRISTINE KAUFMANN, geboren 1945 in der Steiermark, lebt in München und auf Mallorca. Schauspielerin und Autorin. Filme u.a.: „Rosen-Resli", „Via Mala", „Out of Rosenheim". Werke u.a.: „Der Himmel über Tanger", „Christine Kaufmann und ich", „In Schönheit altern"

RUTH KLÜGER, geboren 1931 in Wien, lebt in den USA und Göttingen, Deutschland. Germanistin und Schriftstellerin. Werke u.a.: „Frauen lesen anders" „Weiter leben", „unterwegs verloren", „Was Frauen schreiben"

KOSPACH JULIA, geboren 1968 in Villach, lebt in Wien. Journalistin für u.a. „Frankfurter Rundschau", „Berliner Zeitung", „Falter", „Die Presse") und Autorin. Werke u.a.: „Wien. Eine Melange", „Letzte Dinge. Ilse Aichinger und Friederike Mayröcker. Zwei Gespräche über den Tod" „Auf ins Salzkammergut – Verborgenes. Skurriles. Kulinarisches"

Eva Menasse, geboren 1970 in Wien, lebt in Berlin. Journalistin und Schriftstellerin. Werke u.a.: „Der Holocaust vor Gericht", „Vienna", „Lässliche Todsünden"

Mieze Medusa (Pseudonym für Doris Mitterbacher), geboren 1975 in Schwetzingen, Deutschland, lebt in Wien. Gewinnerin des „Protest Song Contest" in Wien, Veranstalterin von Poetry-Slam-Bewerben. Werke u.a.: „Freischnorcheln", Doppelter Textpresso"

Anna Mitgutsch, geboren 1948 in Linz, lebt in Linz. Schriftstellerin, Übersetzerin und Essayistin. Langjährige Lehrtätigkeit an verschiedenen Universitäten in den USA. Werke u.a.: „Die Züchtigung", „Haus der Kindheit", „Familienfest", „Wenn du wiederkommst"

Ingrid Noll, geboren 1935 in Shanghai, lebt in Weinheim, Deutschland. Krimi-Schriftstellerin. Werke u.a.: „Der Hahn ist tot", „Die Apothekerin", „Kalt ist der Abendhauch", „Ehrenwort"

Elisabeth Reichart, geboren 1953 in Steyregg, Oberösterreich, lebt in Wien. Schriftstellerin. Werke u.a.: „Februarschatten", „Komm über den See", „Das Haus der sterbenden Männer"

Kathrin Schmidt , geboren 1958 in Gotha, DDR, lebt in Berlin. Diplom-Psychologin und Schriftstellerin. Ausgezeichnet mit dem Deutschen Buchpreis 2009. Werke u.a.: „Flußbild mit Engel", „Die Gunnar-Lennefsen-Expedition", „Seebachs schwarze Katzen", „Du stirbst nicht"

Susanne Scholl , geboren 1949 in Wien, lebt in Wien. Journalistin und Schriftstellerin. Bis 2009 ORF-Korrespondentin in Moskau. Kommentatorin in „Salzburger Nachrichten" und „ News". Werke u.a.: „Reise nach Karaganda", „Elsas Großväter", „Russland mit und ohne Seele"

CLARISSA STADLER, geboren 1966 in Wien, lebt in Wien. Schriftstellerin, Journalistin und Moderatorin der ORF-Sendung „Kulturmontag". Werke: „N. Eine kleine Utopie"

LINDA STIFT, geboren 1969 in der Steiermark, lebt in Wien. Schriftstellerin und Lektorin. Werke: „Kingpeng", „Stierhunger", „Kein einziger Tag"

LILO WANDERS (Pseudonym für Ernie Reinhardt), geboren 1955 in Celle, lebt in Hamburg und auf einem alten Apfelbauernhof im Kehdinger Land. Entertainerin, Schauspielerin, TV-Moderatorin („Wa(h)re Liebe") und Autorin. Werke u.a.: „Tja, meine Lieben. Eine Diva plaudert sich um Kopf und Kragen", „Wa(h)re Liebe Lexikon von A bis Z", „Davor, dazu, danach", „Voll aufgeklärt: 100 Antworten auf 1000 Fragen"

EMMY WERNER, geboren 1938 in Wien, lebt in Wien. Schauspielerin und Regisseurin. 1988–2005 Direktorin des Volkstheaters in Wien.

ERIKA WIMMER, geboren 1957 in Bozen, Südtirol, lebt in Innsbruck. Mitarbeiterin des Brenner-Archivs der Universität Innsbruck. Schriftstellerin und Dramatikerin. Werke u.a.: „Schund. Eine Farce", „Manchmal das Paradies", „Die dunklen Ränder der Jahre"

JUTTA WINKELMANN, geboren 1949 in Kassel, lebt in München. Regisseurin, Fotografin und Schriftstellerin. Werke u.a.: „Future Sex" (mit Zwillingsschwester Gisela Getty), „Die Zwillinge oder Vom Versuch, Geist und Geld zu küssen" (mit Gisela Getty), „The Twins" (mit Gisela Getty)

Quellen